ALERTE
A TRIVANDRUM

DU MÊME AUTEUR

chez le même éditeur :

Sans issue.
Éclair en Z.
Équipe spéciale.
Commando secret.
Secteur dangereux.
Signaux dans l'ombre.
Poursuite à l'aube.
Lignes de force.
Face au traître.
Position clé.
Attaque invisible.
Sabotages sanglants.
Voyageurs secrets.
Services ennemis.
Expédition sans retour.
Les hommes de la nuit.
Renforts d'urgence.
Pas de preuves.
Dossier dynamite.
Message priorité.
S.O.S. situation intenable.
Courrier Balkans.
Dernier jour.
Information contre X...
Les mains libres.
État d'alerte.
F.X. 18 perd ses chances.
Dispositif mystère.
Coplan contre-attaque.
Banc d'essai.
Base d'attaque.
Antennes mortes.
Coplan préfère la bagarre.
Offensive incognito.
Coplan joue sa peau.
Défi aux ténèbres.
Coplan contre l'espionne.
Commando casse-cou.
F.X. 18 se défend.
Force de frappe.
Coplan riposte.
Le temps des vendus.
Indicatif F.X. 18.
F.X. 18 doit sauter.
Coplan bouscule le Vieux.
Ordres secrets pour F.X. 18.
Coplan frappe à la tête.
Coplan coupe les ponts.
Coplan sauve la mise.
Coplan fonce au but.
Huis clos pour F.X. 18.
Coplan dans la fournaise.
Barrage à Bogota.
Coplan dans le labyrinthe.
Coplan sur la corde raide.
Complot pour demain.
Coplan revient de loin.
F.X. 18 relève le gant.
Coplan à l'affût.
Jouez serré, M. Coplan.
L'étrange duel de Coplan.
Coplan fait coup double.
Le Vieux gagne la belle.
Coplan vise haut.
Coplan rend coup pour coup.
Coplan roule sur l'or.
F.X. 18 choisit son heure.
Coplan vide son sac.
F.X. 18 joue avec le feu.
Les rendez-vous de Coplan.
Coplan fait mouche.
La nuit de Coplan.
F.X. 18 change de piste.
Des sueurs pour Coplan.
Coplan traque le renard.
La pitié de Coplan.
Coplan prend parti.
Coplan va jusqu'au bout.

Mission Rangoon pour F.X. 18.
Un diplomate nommé Coplan.
Singapour appelle Coplan.

Aux Presses de la Cité :

Coups durs.
Étau sans pitié.
Exécution sommaire.
Manœuvres nocturnes.
Stoppez Coplan.
Trahison aux enchères.
Projet terreur.
Casse-tête pour Coplan.
Les silences de Coplan.
Coplan mène la danse.
Coplan paie le cercueil.
Coplan fait peau neuve.
Coplan met le feu aux poudres.
Coplan fait ses comptes.
Coplan contre-attaque.
Coplan frappe à la tête.
Coplan ouvre le feu.
Coplan sort ses griffes.
Coplan redresse la barre.
Coplan dans la guérilla.
Coplan prend le large.
Coplan part en croisière.
Plan traquenard.
Coplan et le bataillon fantôme.
Agent de choc.

Dans la collection « Kenny » :

Coplan fait école.
Ville interdite.
Recours au meurtre.
Attention : radar.
Patrouille noire.
Le rapport secret de Coplan.
Coplan a la dent dure.
Coplan va trop loin.
Coplan a le dernier mot.
F.X. 18 ne perd pas le Nord.
Les démons de Bali.
Coplan sème la panique.
Coplan se venge.
Coplan se méfie.
Écueil à Recife.
Les cibles de la nuit.
Au nom des victimes.
L'ombre et la solitude.
La peur des autres.
Rendez-vous à Malmö.
Consigne impitoyable.
Envoyez F.X. 18.
F.X. 18 en difficulté.
La java de Coplan.
Coplan attire la foudre.
Diplomatie de la terreur.
Sans foi ni loi.
Coplan fait des siennes...
Enjeu tragique.
Les astuces de Coplan.
F.X. 18 corrige le tir.
Raid 59.
Deux filles, du fric et des bombes.
Le dragon de jade.
Les poignards de Chiraz.
Le Grec de Dakar.
L'atome sur la gorge.
La vénus de Kyoto.
F.X. 18 doit sauter.
Guet-apens pour F.X. 18.
Les tentations de la violence.

Action immédiate.
Coplan brûle les étapes.
Feu vert pour Coplan.
Coplan monte en ligne.
Le bastion du Pacifique.
Coplan va de l'avant.
Coplan connaît la musique.
Exécutions sommaires.
Tous contre Coplan.
Pas de miracle pour l'espion.
Coplan fonce au but.
Des sirènes pour F.X. 18.
Le fracas des armes.
Les sentiers de la haine.
Les vertiges de la peur.
Le piège de Mandalay.
Réseau Apocalypse.
La Guyane pour Coplan.
Éclair en Z.
Coplan coupe les ponts.
Barrage à Bogota.
Coplan dans le labyrinthe.
La Guyane pour Coplan.
Escalade du mépris.
Les requins et les loups.
Mercenaires de l'absurde.
Le secret bleu.
Contacts Est-Ouest.
Coplan se révolte.
Coplan brouille les cartes.
Coplan tente sa chance.
Fanatismes dans l'ombre.

PAUL KENNY

ALERTE A TRIVANDRUM

ÉDITIONS FLEUVE NOIR
6, rue Garancière - PARIS VIe

ISBN 2-265-01529-6

L'auteur tient à préciser qu'il s'agit ici de fiction pure et que toute ressemblance avec des personnes ayant existé ou qui existent, de même que toute analogie avec des situations appartenant à l'actualité, doivent être considérées comme étant le fait du hasard. Le présent ouvrage ne veut être pris, rappelons-le, pour autre chose qu'une œuvre d'imagination.

L'AUTEUR.

PROLOGUE

Assis à une table installée sur une estrade, le délégué syndical René Levèque tapota le micro placé devant lui pour s'assurer que la sonorisation fonctionnait.

Il faisait face à une foule d'ouvriers, d'agents de maîtrise et d'ingénieurs qui devait grouper quelque 800 personnes, dans un des halls de montage de l'entreprise.

— Camarades ! commença Levèque.

Le brouhaha des conversations s'éteignit progressivement, et des visages tendus se tournèrent vers l'orateur, qui poursuivit :

— Comme vous le savez peut-être déjà, à la suite des rumeurs qui ont circulé dans les divers départements, la diminution du plan de charge a incité la direction à étudier des mesures de licenciement...

Une vaste clameur de protestation s'éleva, couvrant les paroles du délégué syndical. Celui-ci laissa s'exprimer le mécontentement de l'assemblée, puis il leva la main en signe d'apaisement et, au bout de quelques secondes, le calme se rétablit.

Levèque continua :

— Sans nier que la société risque de traverser une période difficile dans les mois qui viennent, il est bien évident que nous devons lutter de toutes nos forces pour préserver l'emploi de ceux qui pourraient être les victimes de ces mesures de compression du personnel. Si certains dirigeants ont commis des erreurs dans la politique commerciale de notre entreprise, ce n'est pas nous qui devons en faire les frais !

Cette fois, de bruyantes approbations saluèrent cette prise de position catégorique, définitive. Levèque n'ignorait pas qu'il avançait sur un terrain brûlant, que les esprits étaient échauffés et qu'il convenait de manœuvrer avec prudence. En revanche, il réalisait pleinement combien la perspective d'un chômage pouvait apparaître comme angoissante pour la plupart de ces hommes.

— Toutefois, reprit-il, déclencher une grève dans les circonstances présentes me semblerait un peu prématuré. J'ai eu des contacts avec la direction générale : on m'a affirmé qu'aucune décision ne serait prise avant plusieurs semaines, et qu'il n'était pas exclu que la situation pourrait être redressée si, entre-temps, de nouvelles commandes étaient décrochées à l'étranger.

Quelqu'un s'écria d'une voix forte :

— C'est une tactique dilatoire destinée à nous endormir ! On veut nous mettre devant le fait accompli !

Plusieurs collègues du perturbateur appuyèrent vigoureusement ce point de vue par des vociférations diverses, certains allant même jusqu'à traiter de vendu le délégué syndical. Ce dernier sut demeurer impassible. Toujours, il y avait des têtes brûlées qui essayaient de le déborder. Il subit stoïquement le déferlement de la vague puis, bénéficiant de l'amplification du micro, il lança :

— Je n'ai pas dit qu'il nous fallait rester les bras croisés devant la menace ! Mais nous ne devons pas mener une action aveugle. Le problème est trop grave. Nous n'avons pas le droit de nous tromper sur la ligne de conduite à suivre si nous voulons éviter que des centaines d'entre nous soient congédiés. J'estime que nous devons dès à présent élaborer, face au plan patronal, un programme de contrepropositions capable de sauvegarder l'emploi de tous.

A nouveau, il y eut un murmure d'approbation, mais aussi des marques de scepticisme. Levèque n'en poursuivit pas moins :

— Nous sommes bien placés pour savoir que la société a les reins solides, qu'elle maîtrise des techniques de pointe dans de nombreux domaines et que certains secteurs pourraient être développés. En outre, le moment devrait être venu de faire droit à notre revendication sur la diminution du temps de travail...

— Ouiii... ! glapirent à pleins poumons une grande majorité des assistants, déchaînés.

— Ce n'est pas parce que la Division des propulseurs spatiaux traverse une période critique

que les équipes hautement qualifiées qu'elle utilise doivent être démantelées. Des recyclages et des transferts dans d'autres divisions, à salaire égal, peuvent fournir une partie de la solution. D'autres formules restent à explorer. Le comité d'entreprise et le syndicat vont s'y atteler. Ceci ne constitue qu'une réunion préparatoire dont le but était seulement de répondre à vos préoccupations, et de montrer que nous sommes vigilants, solidaires et décidés.

Sûr désormais qu'il avait gagné son auditoire, Levèque put alors mieux expliquer, précisions à l'appui, ce qui avait amené la baisse d'activité d'un des secteurs les plus importants de la S.F.M.P., la Société française des moteurs de propulsion.

En fait, assez paradoxalement, elle pâtissait de sa trop belle réussite : pendant des années, la Division des Propulseurs lourds avait travaillé avec acharnement au développement d'un moteur d'une poussée de 60 tonnes, dont seize exemplaires lui avaient été commandés. A présent, la réalisation arrivait à son terme, et le moteur ayant donné pleine satisfaction lors des tirs d'essai de la fusée Ariane, il ne nécessitait plus des recherches ou des mises au point. Sa fabrication, devenue de pure routine, était désormais tributaire du nombre de fusées qui seraient commandées dans l'avenir pour le lancement de satellites. Or, jusqu'à présent, des incertitudes planaient sur l'ampleur de ces commandes.

C'est pourquoi une dose de rancœur s'ajoutait

aux inquiétudes des gens qui avaient participé au succès de l'engin ; Levèque en était conscient. Tous avaient donné le meilleur d'eux-mêmes pour aboutir à un succès qui plaçait la France au troisième rang mondial dans la technologie des lanceurs spatiaux, et maintenant leurs moyens d'existence étaient remis en cause... Pas question d'espérer de l'embauche dans une firme similaire ou concurrente : il n'en existait pas d'autre dans le pays.

Le meeting se termina dans la morosité générale, les participants ayant le sentiment d'être frappés par un sort injuste. Et, qui plus est, incontrôlable.

Aucun d'entre eux ne fut effleuré par l'idée que, peut-être, leur destinée allait être modifiée par une bataille qui se déroulerait à 8 000 km de là.

CHAPITRE PREMIER

A Paris, dans les bâtiments d'une ancienne caserne proche de la Porte des Lilas, aux toits surmontés de pylônes et d'antennes, il existait un service où régnait une ambiance moins bureaucratique que dans les autres. Les rares privilégiés qui avaient l'autorisation d'y pénétrer ne manquaient pas d'être frappés par la désinvolture apparente et la décontraction des hommes, jeunes pour la plupart, qui y travaillaient.

Barbus en jeans aux allures de hippies, types dont le blouson ouvert démasquait un T-shirt à tête d'Indien, d'autres en bras de chemise, col ouvert et cravate dénouée, collationnaient dans la bonne humeur les piles de documents posées sur leurs bureaux respectifs, sous la lumière crue de tubes luminescents indispensables même en plein jour.

Certains quittaient parfois leur table pour aller soumettre à un collègue une information dont l'intérêt ne semblait pas évident, avant de la répertorier ou de l'envoyer à la poubelle. En réalité, sous leurs dehors nonchalants, tous avaient de hauts grades universitaires et une culture scientifique ébouriffante, ainsi qu'une propension innée à monter d'énormes canulars.

Jean-Claude Lussac, 32 ans, un grand blond sorti de Polytechnique, excellait, en dépit de son air malicieux, à subodorer le renseignement « juteux » dissimulé dans un texte apparemment banal.

Ce matin-là, ses sourcils se froncèrent lorsqu'il eut prélevé un feuillet de papier machine sur lequel se détachait une seule phrase dactylographiée. Gardant le papier entre le pouce et l'index, il consulta les références inscrites manuellement dans le coin supérieur gauche : « FXB 172 — N° 11.679. 4/3. A-1 ».

Le matricule de ce correspondant lui était devenu familier. Il désignait un informateur crédible, une source digne de foi puisque ses « fournitures » étaient toujours classées A-1.

Fugitivement, Lussac se demanda une fois de plus qui pouvait être ce bonhomme qui opérait de l'autre côté du Rideau de fer, et comment il parvenait à transmettre ses messages à l'Ouest, soldat de l'ombre parmi d'autres, constamment en péril.

La phrase disait seulement : « 300 tonnes d'UDMH embarqués à bord du « Ro-Ro » *Molotov* ont quitté Odessa le 23/2 à destination de Karachi. »

Songeur, Lussac se pinça la lèvre inférieure. L'UDMH, il savait ce que c'était : un propergol liquide pour moteurs de fusées (1). « Ro-Ro », cela représentait un de ces cargos soviétiques de 17 500 tonnes construits dans un chantier polonais, d'aspect très inoffensif mais équipés pour le transport de matériel militaire et de matières dangereuses. Contenues dans des citernes, éventuellement.

Que les Russes fabriquaient de l'UDMH n'était un secret pour personne : ils en vendaient même à la France. L'énigme résidait dans le port de destination.

Abandonnant le message sur son bureau, Lussac se leva et traversa la salle pour aller interroger un de ses camarades, Hubert Rogier, plus ferré que lui dans le domaine des fusées balistiques ou spatiales.

Rogier, un quidam chevelu qu'on aurait plutôt pris pour un peintre abstrait, leva le nez pour contempler son collègue.

Lussac lui demanda :

— A ta connaissance, depuis quand les Pakistanais construisent-ils des lanceurs à carburant chimique ?

L'interpellé, méfiant, craignant qu'on lui refile une couleuvre grosse comme le bras, rétorqua :

— Depuis la fin du XVIIIe siècle.

— Non, sans déconner... Je te parle sérieusement.

(1) Diméthylhydrazine, qu'on peut faire réagir avec du peroxyde d'azote pour obtenir une combinaison très énergétique.

Rogier haussa les épaules.

— Les malheureux, bougonna-t-il. Ils en seraient encore au lance-pierres si de bonnes âmes ne leur livraient pas quelques roquettes à usage militaire.

— En es-tu certain ?

— Absolument. Pourquoi ?

— Parce que je viens de recevoir un tuyau qui semble prouver le contraire. Un chargement d'UDMH est attendu à Karachi.

— Non ? fit Rogier, les yeux ronds.

— Authentique. Le tuyau émane d'une source sûre. Il paraît qu'il y en a 300 tonnes, en provenance d'Odessa.

— Bizarre, concéda Rogier, pensif. A ta place, je coterais cette information 8 sur 10. En haut, ils n'auront qu'à se démerder avec.

— Pourquoi 8, et pas 10 sur 10 ? Ça vaut d'être suivi, non ?

Rogier se renversa sur sa chaise tandis que Lussac s'appuyait des deux mains au bureau. Autour d'eux, la ruche bruissait. Des employés venaient distribuer d'épaisses enveloppes, d'autres en emportaient, des bribes de phrases s'échangeaient, quelqu'un parlait au téléphone.

— Faut voir, reprit Rogier. Suppose que la véritable destination ne soit pas Karachi, et que ton UDMH reparte de là pour un autre pays. Il n'y aurait pas de quoi s'échauffer à propos du Pakistan.

— Pour quelle raison y aurait-il un transbordement ? Le « Ro-Ro » qui trimbale la marchandise pourrait aussi bien la déposer ailleurs. Et notre correspondant stipule que le lieu de livraison est Karachi.

Rogier, perplexe, se gratta la tête.

— Je ne distingue pas ce que les Pakistanais pourraient en foutre, grommela-t-il. A moins que nos renseignements ne soient pas très à jour...

— Voilà ce que je voulais t'entendre dire, déclara Lussac. Je vais attacher le grelot en rédigeant une note. Après, *Ils* en feront des choux ou des raves.

Ils, c'étaient les membres du comité de direction du S.R.S., le Service des Renseignements scientifiques, une des branches du Service de Documentation extérieure et du contre-espionnage.

Lussac se disposait à regagner sa place lorsque Rogier le retint :

— Attends... Dans ta note, tu devrais indiquer qu'il y aurait lieu de procéder à une première investigation par l'analyse de photos prises par satellites au-dessus du territoire pakistanais. Si des ateliers de montage de fusées ou un complexe de lancement ont été construits là-bas, ça doit se voir.

— Mais... nous n'avons pas encore de satellite de reconnaissance, que je sache, objecta Lussac.

— Eh oui, ça nous manque terriblement. Mais dans un cas comme celui-ci, il y a moyen de se débrouiller avec les vues des satellites *Landsat*, que tout un chacun peut se procurer. Ce n'est pas pour rien que les Chinois ont acheté aux Américains des photos du territoire soviétique (1) !

Lussac hocha la tête.

— Eh bien, on peut toujours essayer. D'autant plus que nous ne devons pas avoir une foule d'agents dans ce coin-là.

— J'en ai l'impression. Le S.R.S. n'est pas gâté, dans ces régions.

Puis, songeur, Rogier reprit :

— Je pense à une chose : une boîte française a installé aux Indes une station de réception et d'analyse de clichés fournis par des satellites de télédétection des ressources terrestres. La S.F.M.P., si mes souvenirs sont bons. Tu dois être au courant : elle fabrique précisément des moteurs qui consomment de l'UDMH. Elle est peut-être bien située, là-bas, pour nous donner un coup de main ?

Lussac lui décerna une tape amicale sur l'épaule.

— Je vais le signaler. Merci pour le tuyau : cela va étoffer ma note.

— Pas de quoi, fit Rogier avant de se replonger dans ses propres interprétations de messages divers.

Revenu à son bureau, Lussac s'assit et continua

(1) La revue « Association Week and Space Technology » s'est amusée, depuis 1974, à publier des photos d'objectifs militaires russes et chinois, prises par des satellites Landsat. Notamment des bases de sous-marins et des sites de lancement de missiles. Or les Landsat ne sont pas des satellites espions qui, eux, sont beaucoup mieux équipés.

de réfléchir en contemplant le feuillet. Depuis la révolution iranienne et l'invasion de l'Afghanistan, cette partie de l'Asie était devenue un point chaud du globe. Tout changement qui s'y produisait méritait de retenir l'attention, d'autant plus qu'on soupçonnait le Pakistan de vouloir se doter de la bombe atomique. Méditait-il aussi de construire un véhicule capable de l'expédier sur ses voisins ?

Les Américains et les Russes, les uns informés par leurs satellites *Big Bird* d'une douzaine de tonnes, les autres par leurs *Cosmos* qu'ils lançaient à jet continu, devaient être édifiés. Mais ils ne divulguaient pas leurs découvertes.

Lussac se frotta l'aile du nez avec le capuchon de son stylobille, puis il entreprit d'écrire sa note. Sans trop se faire d'illusions sur la suite qui lui serait donnée.

***

Or, en dépit de ses prévisions pessimistes, il fut investi trois jours plus tard d'une mission officielle qui le conduisit dans l'une des plus hautes tours du Paris de l'An 2000.

Au siège social de la S.F.M.P., qui occupait plusieurs étages du building, Lussac eut une entrevue avec un quinquagénaire affable, aux cheveux gris et à la physionomie rassurante d'un bon père de famille, vêtu avec une élégance discrète. Aussi discrète que l'étaient ses fonctions au sein de la société. Il s'appelait Gobert.

Le contact ayant été préparé par des instances supérieures, les deux hommes purent aborder sans délai le motif de la rencontre.

— Voilà, dit Lussac dès qu'il se fut assis dans un fauteuil en face de son hôte. Seriez-vous en mesure de nous procurer des clichés traités de telle façon qu'on puisse y distinguer le maximum de détails du territoire pakistanais ?

Gobert afficha une mine réservée.

— Techniquement, je crois que c'est possible, compte tenu de l'emplacement géographique de la station indienne, mais cela risque de poser un problème du côté de la direction de ce centre. Vous devez savoir qu'il a été installé pour l'étude des ressources agricoles et minérales de l'Inde, exclusivement. Vous nous demandez donc là une dérogation assez... gênante. Que cherchez-vous, exactement ?

— Je ne pense pas qu'on vous mettra des bâtons dans les roues, émit Lussac avec un vague sourire. La question est susceptible d'intéresser aussi le gouvernement de New Delhi. Il s'agit de déterminer si le Pakistan est en train d'installer quelque part une aire de lancement de fusées spatiales ou militaires.

— Ho ! fit Gobert avec un léger haussement de sourcils.

Les mains jointes sous son menton, il médita quelques secondes, releva les yeux vers son interlocuteur.

— Le procédé *Vizir*, que nous appliquons là-bas, doit faire apparaître un objet de cette dimension, reprit-il sur un ton uniforme. Il reste à vérifier si l'orbite des satellites que nous pouvons interroger permet de « voir » toute l'étendue du Pakistan occidental. Je devrai poser la question à des spécialistes. Mais... n'est-il pas indiscret de vous demander comment vous avez été amenés à suspecter l'existence de telles installations ?

— A vous, je peux le révéler, en vous priant toutefois de considérer cette information comme ultra-confidentielle. Nous avons appris que ce pays s'était fait livrer de l'UDMH par l'Union Soviétique.

Un silence plana. Visiblement, Gobert soupesait la nouvelle, en scrutait les significations éventuelles.

Lussac enchaîna :

— A ce propos, je voulais aussi éclaircir un autre point, qui doit être de votre compétence : à l'heure actuelle, dans le monde, combien de types de moteurs de fusées utilisent l'UDMH, et par qui sont-ils fabriqués ?

Les lèvres de Gobert se plissèrent en une mimique dubitative.

— Vous me prenez au dépourvu... Américains et Russes en construisent certainement. Et puis nous, avec les Vikings IV et V. Peut-être les Chinois, les Japonais... Il se trouve que l'Inde a entrepris, sous licence et avec notre assistance technique, de produire des Vikings destinés à son programme spatial.

Tout en saisissant son téléphone, il ajouta :

— Je vais m'informer. Un des responsables de

la Division des propulseurs doit être à même de nous le dire.

Il forma un numéro, interpella son correspondant :

— Chéromme, quels sont nos concurrents en matière de moteurs à diméthylhydrazine ?

Pendant que Gobert prenait des notes tout en écoutant, Lussac se fit la réflexion que l'Inde, dont les rapports avec le Pakistan n'étaient pas des meilleurs, se trouvait à peu près dans la même situation que lui : en passe de se doter de l'arme nucléaire, elle ne possédait pas encore un missile pouvant transporter la charge.

— Eh bien voilà, dit Gobert après avoir posé le récepteur sur son socle. En dehors des Américains, avec leurs divers modèles de fusées Titan et Delta, et des Russes avec leurs Proton, seuls le lanceur chinois FB-1 et les N-1 et N-2 japonais utilisent ce propergol. Les Japonais font d'ailleurs usage d'Aérozine, qui est un mélange à 50 % d'UDMH et d'hydrazine. Le cercle des utilisateurs est donc très limité, attendu que peu de pays sont assez développés pour s'offrir une industrie spatiale autonome. Or, pour autant que nous le sachions, le Pakistan n'a jamais lancé un appel d'offres aux constructeurs capables de livrer des engins de cette taille, ni même les moteurs tout seuls.

Lussac prit l'aide-mémoire que lui tendait son hôte, y jeta un coup d'œil avant de le ranger dans sa poche. Il montrerait ce papier à Rogier, pour des recoupements. Souriant à demi, il déclara :

— Le mystère s'épaissit à vue d'œil... Des images de satellites n'en deviendront que plus instructives. Pratiquement, comment allons-nous procéder ?

— La station indienne se trouve à Ahmedabad, dans l'Etat de Gujarat. Pourriez-vous envoyer quelqu'un là-bas ou souhaitez-vous que nous agissions par nous-mêmes pour vous procurer ces clichés, accompagnés d'un rapport de nos experts en interprétation ?

— Je ne le sais pas encore. Ceci relève d'une décision qui sera prise à un haut niveau.

— Je ne vous cache pas que je préférerais la première solution, avoua Gobert. Rendez-vous compte : pour nous, une telle intervention est un peu délicate. Elle sort du cadre de nos accords avec l'I.S.R.O., l'*Indian Space Research Organization.*

— Très bien. Je ne manquerai pas d'en faire part. En tout cas, merci pour votre accueil. Ah... Encore une chose : serait-il possible aussi d'obtenir des photos prises en infrarouge ?

— Théoriquement, rien ne s'y oppose. Vous désireriez détecter une centrale électrique « anormale » ou un banc d'essai de moteurs éjectant des gaz à haute température, je présume ?

— Le cas échéant, admit Lussac. Ce sera plus vite fait que si nous devons récolter des renseignements sur place, par les moyens traditionnels. Et beaucoup plus économique.

— Vous êtes drôlement curieux, remarqua

Gobert avec une intonation légèrement sarcastique.

— Nous sommes payés pour ça, rétorqua Lussac. Et vous seriez surpris si vous saviez sur quoi peut déboucher ce genre de recherches apparemment gratuites.

CHAPITRE II

Le premier surpris fut en tout cas Jean-Claude Lussac lui-même, lorsqu'il se vit assigner la mission d'aller se renseigner sur place, à Ahmedabad.

Il n'était jamais allé en Inde. Il ne fit qu'une escale de transit à New Delhi, où le séjour dans l'aéroport de Palam lui donna un avant-goût de la pauvreté, de l'habillement hétéroclite de la population et de l'étrangeté des mœurs de l'immense sous-continent.

Mais le véritable choc, il l'éprouva plus tard sur la route poussiéreuse qui, de l'aéroport d'Ahmedabad, le conduisit au cœur de la ville, à l'hôtel Cama situé non loin de la grande Mosquée, Jumma Masjid.

Il se sentit littéralement transporté dans un autre monde, comme s'il s'était non seulement déplacé dans l'espace, mais aussi dans le temps. S'il n'avait aperçu parfois des véhicules à moteur, autobus bondés bariolés de couleurs vives, camions vétustes et vieilles bagnoles à usage privé, il aurait pu se croire ramené de plusieurs siècles en arrière, au fin fond de l'Islam.

Loqueteux enturbannés, femmes voilées en longue robe, portant un fardeau sur la tête, chameaux au pas majestueux et malheureux bourricots étiques traînant des carrioles déambulaient dans les artères de la ville. Celle-ci, très étendue, sale, poussiéreuse, ne comportait que des maisons basses au toit plat, au-dessus desquelles s'élevaient de loin en loin des minarets et des coupoles d'une surprenante beauté. En plus, tout cela baignait dans une chaleur étouffante.

Pourtant, cette ville avait la réputation d'être l'une des plus industrieuses de l'Inde. Elle avait toujours été, et restait, un centre important du textile, un foyer de grand et petit commerce.

Arrivé à l'hôtel, Lussac, éprouvant une formidable envie de se désaltérer, commanda une bouteille de bière. Impossible. La prohibition de boissons alcoolisées était appliquée dans toute sa rigueur. Thé ou coca-cola.

Encore que l'hôtel fût classé trois étoiles, les chambres étaient plutôt minables. Dotées d'un énorme ventilateur aux pales en hélice, suspendu au plafond, leurs occupants en sueur avaient le choix entre la pneumonie et la mort par déshydratation. D'autant plus que le petit local attenant, baptisé salle de bains, ne comportait qu'une douche antique à grosse pomme d'arrosoir d'où coulait une eau à peine tiède.

Assez défrisé par cette première prise de contact, éprouvé par le décalage horaire et par le changement de température, peu rassasié par un repas pimenté à l'indienne qui lui mit la bouche en feu, Lussac passa une mauvaise nuit. Qu'était-il venu foutre dans ce bled, grand dieu ?

Il avait été bien inspiré en rédigeant cette note... Se traita de con. Se promit de rester le moins de temps possible.

Le lendemain matin, toutefois, son humeur s'était légèrement améliorée quand un taxi l'emmena hors de la ville. Il fut plus sensible au chatoiement des couleurs et considéra d'un autre œil les vestiges de la splendeur révolue de cette capitale d'Etat où grouillaient quelque deux millions d'individus. Au cours d'un trajet d'une vingtaine de minutes qui l'achemina dans une campagne aride, la vue d'un éléphant lourdement chargé, puis du derrick d'un puits de pétrole, éveilla même sa curiosité.

Or, le décor changea complètement lorsque le taxi approcha du *Space Application Center,* plus communément appelé le S.A.C. par les assistants techniques français qui venaient parfois assurer la maintenance du matériel fourni : il y avait là des bâtiments blancs, allongés, d'une facture futuriste, flanqués par deux antennes paraboliques tournées vers le ciel. Contraste saisissant avec le folklore millénaire de la cité.

Lussac dut montrer patte blanche aux gardiens de l'entrée, des Hindous barbus coiffés d'un turban, vêtus d'une chemise kaki à épaulettes et d'un short. En anglais, il leur demanda à voir M. Emile Vallon.

Quelques secondes plus tard, ce dernier déboucha d'un couloir. La trentaine, de petite taille, figure ronde aux petits yeux bruns très mobiles, Vallon se précipita vers son compatriote comme s'il était l'ultime planche de salut pouvant le relier à l'Occident.

— M. Lussac... Soyez le bienvenu. Venez donc dans mon bureau, que nous bavardions à l'aise.

Comme couverture, Lussac était censé appartenir à la direction de la maison mère, la S.F.M.P. Il suivit Vallon à l'étage, dans une atmosphère agréablement climatisée.

Lorsque les deux hommes furent réunis dans une pièce dont les fenêtres scellées n'offraient en spectacle qu'un paysage calciné, Vallon reprit :

— J'ai reçu des instructions vous concernant. Il s'agit de quelque chose d'un peu spécial, à ce qu'il paraît ? Je ferai de mon mieux pour vous être utile, cela va de soi. Comment trouvez-vous le pays ?

— Je n'ai encore pu que l'entrevoir, avança prudemment Lussac. J'ai débarqué hier à New Delhi dans la matinée et suis arrivé à Ahmadabad en fin d'après-midi. Ma première impression est qu'y vivre, pour un Européen, ne doit pas être très rigolo.

— A qui le dites-vous ! fit Vallon d'un air écœuré. Point de vue distractions, zéro. La nourriture, à peine mangeable. Ni vin ni alcool. Un régime spartiate, quoi... Tout juste si on peut fumer.

Lussac lui présenta un paquet de Gauloises. Ils allumèrent tous deux leur cigarette, puis il expliqua :

— Voici pourquoi je suis venu : il s'agirait de déterminer, grâce aux clichés Landsat que vous pouvez obtenir ici, s'il existe un pas de tir de fusées en territoire pakistanais. Est-ce possible ?

Le visage de Vallon refléta une grande perplexité.

— Vous me posez là un problème, répondit-il. En principe, nous ne cherchons pas à faire ressortir ce genre de détail sur les images qui sont traitées ici. De plus, ce que nous appelons le « pouvoir de résolution » de Landsat 3 permet de discerner des objets dont les dimensions ne sont pas inférieures à 80 mètres. Avec Landsat 4, on peut descendre jusqu'à 30 mètres.

— Cela doit suffire, non ? Et en infrarouge ?

— Là, les dimensions de la tache chaude doivent excéder, respectivement, 240 et 120 mètres. Un départ de fusées pourrait être détecté, mais ce serait vraiment un coup de chance.

— Pourquoi ?

Vallon se munit d'une feuille de papier, y dessina au centre un grand cercle représentant la Terre, puis deux points diamétralement opposés, situés à quelques millimètres de cette circonférence.

— Voilà : les deux satellites parcourent une même orbite, quoiqu'étant décalés de 180 degrés. L'un d'entre eux passe au-dessus du même endroit de la Terre tous les 18 jours à la même heure. L'autre également, mais avec un retard de neuf jours sur son prédécesseur. Cela signifie que chaque région n'est balayée par leurs caméras qu'une fois tous les neuf jours, et pendant quelques minutes seulement. Avouez, ce serait une drôle de loterie.

— Bon, alors tenons-nous-en aux indices permanents de la présence d'un pas de tir : la tour de service, la proximité d'une centrale électrique, d'un petit aéroport ou d'un hall de montage, que sais-je...

Vallon émit un profond soupir.

— Ah, si nous disposions d'un SPOT, se lamenta-t-il. Nous saurions vite à quoi nous en tenir (1). Mais les Landsat ne sont pas outillés pour ce genre de besogne.

— Pourtant, les Américains en ont tiré des renseignements à usage militaire, m'a-t-on dit.

— Oui, bien sûr. Mais le traitement n'était pas le même que celui que nous appliquons ici.

— N'êtes-vous pas en mesure de faire subir un traitement similaire aux images que vous possédez ? Vous savez, j'insiste parce que c'est important, et que nous n'avons pas d'autre source d'information.

(1) S.P.O.T. Satellite Probatoire d'Observation de la Terre. Il sera mis en orbite en 1984, à une altitude de 809 km. Doté de deux caméras, il pourra « voir » des objets de 20 mètres sur 20. Ce sera le premier satellite français de télédétection et de reconnaissance.

Vallon se gratta la tête en grimaçant, visiblement ennuyé.

— En fait, révéla-t-il, nous ne captons pas en direct les signaux des Landsat. Ils sont reçus à une station installée à Hyderabad par les Américains et enregistrés sur bande magnétique. Ces bandes nous sont envoyées à la demande, et sont traitées ici par ordinateur de manière que la photo finalement obtenue dévoile ce qu'on désire savoir. Or, le but de ce centre est de fournir des indications sur les ressources de l'Inde, et rien d'autre.

— Je le sais, dit Lussac en regardant au travers de la fumée de sa cigarette. Néanmoins, vous pourriez peut-être infliger une entorse aux conventions, non ? Des bandes magnétiques récentes, couvrant la majeure partie du territoire pakistanais, vous devez en avoir dans vos archives, je suppose ?

Se prenant le menton, Vallon se mit à réfléchir.

— Pourquoi Paris ne commande-t-il pas directement à la NASA les images qui l'intéressent ? grommela-t-il.

— Parce que, depuis 1976, à la demande du Département de la Défense, la NASA ne vend plus des photos de télédétection susceptibles de révéler des renseignements d'ordre militaire, tout simplement. Mais vous, vous devez pouvoir extraire de ces bandes magnétiques beaucoup plus que le commun des utilisateurs.

A la fois flatté et embarrassé, Vallon décerna un coup d'œil pointu à son interlocuteur.

— On peut toujours essayer, concéda-t-il. Mais

je vais devoir le faire en douce, sous le couvert d'essayer un nouveau programme sur l'ordinateur. Je serai censé obéir à vos directives et tâcherai de m'arranger avec le directeur hindou du S.A.C. En attendant, je vais vous montrer nos installations.

***

Le travail que Lussac avait demandé à l'ingénieur Vallon exigea plusieurs jours et nécessita la réalisation de centaines de clichés, bien que certaines régions trop peuplées ou de haute montagne eussent été écartées d'office pour des raisons techniques. On pouvait tenir pour certain que les Pakistanais n'auraient pas effectué de grands travaux de ce genre à proximité de leurs frontières, dans des zones bien cultivées ou dans des sites pratiquement inaccessibles.

Néanmoins, la superficie à explorer restait considérable. Vallon s'était piqué au jeu : par diverses combinaisons, et en procédant à des réglages manuels subtils pour faire apparaître sur un écran de contrôle des contrastes d'ombres et de couleurs, il tentait d'arracher le maximum d'indices révélateurs aux bandes magnétiques dont il disposait.

Expert dans l'art d'interpréter les moindres signes, il montrait à Lussac — qui pour sa part n'aurait rien discerné du tout si son attention n'avait été attirée — quantité de détails infimes chargés de signification. Le système Vizir, d'une grande souplesse, excellait à extraire la quintessence des données fournies par les trois caméras des Landsat (1).

Lussac put ainsi détecter *de visu* d'immenses camps de tentes créés pour accueillir des réfugiés afghans chassés par l'invasion soviétique, la tranchée de « La route de l'Amitié » construite à travers les montagnes du nord-est par les Chinois, les alliés les plus décidés du Pakistan.

Mais les deux Français eurent beau scruter des tas d'images, comparer celles, très récentes, d'une même région avec d'autres plus anciennes, ils ne relevèrent rien d'insolite qui pût trahir les contours d'une base de lancement.

Le canal infrarouge ne révéla pas l'apparition d'une centrale électrique non répertoriée, non plus que des zones de chaleur d'origine suspecte.

De guerre lasse, Vallon avoua :

— Ou bien nous nous fourrons le doigt dans l'œil en imaginant que les Pakistanais possèdent une technologie avancée dans le domaine spatial, ou bien ils ont camouflé des installations souterraines dont la détection échappe aux satellites.

Lussac fut forcé d'en convenir.

— Oui, je pencherais plutôt pour votre première hypothèse, compte tenu de ce que nous savons sur ce pays. Mais alors, à quoi diable destinent-ils ces trois cents tonnes de propergol ?

(1) Ce système, réalisé par la Société Européenne de Propulsion, a été étendu à plusieurs pays.

— Ça, je n'en ai pas la moindre idée, figurez-vous.

Relativement vexé parce que les recherches qu'il avait prescrites ne débouchaient sur rien de concret, Lussac avait du mal à se tenir pour battu.

Il demanda :

— Si on vous envoie ici les données captées à Hyderabad, à quoi servent donc les deux antennes que j'ai vues à l'extérieur ?

— Oh, elles ont des tâches très éloignées de ce qui vous préoccupe. L'une d'elles sert à des expériences de télécommunications avec le satellite franco-allemand Symphonie, l'autre à la réception des images émises par des satellites météo.

L'envoyé du S.R.S. se fit la réflexion que peut-être, pour une fois, l'homme d'Odessa s'était trompé, et que le carburant en question avait pris un autre chemin.

Pourquoi pas celui de l'Inde, après tout, puisque ce pays avait entrepris la fabrication de moteurs Vikings ? Ceci devait pouvoir être vérifié assez aisément.

Vallon continuait à contempler d'un œil dépité les piles de clichés qu'il avait analysés en pure perte.

— Est-ce que je serais autorisé à les emporter ? s'enquit Lussac en les désignant du menton. A Paris, on pourrait les soumettre à un examen encore plus approfondi et, de toute manière, ils constituent une documentation irremplaçable car, jusqu'ici, nous possédons peu de chose sur le Pakistan.

— Je crois que c'est faisable, si ça peut vous rendre service. D'autant plus qu'à Hyderabad, les Indiens ont déjà dû en retirer tout le profit pour leur propre usage.

La sonnerie du téléphone retentit, et Vallon décrocha.

— *Yes, Vallon speaking.*

Après un instant, il couvrit le micro avec sa paume et dit à l'intention de Lussac :

— Une communication de Trivandrum...

Son interlocuteur ne savait trop où cette ville se trouvait. Il prit machinalement son paquet de Gauloises, en alluma une.

Dans un sens, il n'était pas fâché de regagner l'Europe. En dehors des heures passées au S.A.C., il s'était mortellement ennuyé à Ahmedabad, et ce n'était pas la visite de quelques somptueux joyaux d'architecture indo-musulmane qui l'avait réconcilié avec le pays.

Mais soudain Lussac nota le changement qui s'était produit sur la physionomie de son compatriote. Les traits altérés, le regard fixe, il écoutait intensément les paroles de son correspondant. Finalement, Vallon prononça :

— Eh bien celle-là... Comment ma sœur a-t-elle accusé le coup ?

— ...

— Incroyable ! Je vais voir si je peux me libérer. J'arriverai le plus vite possible, évidemment. Merci, Bruno.

Son visage s'était décoloré. Il posa le récepteur et, l'air absent, il releva les yeux vers Lussac.

— Que se passe-t-il ? Une mauvaise nouvelle ? s'enquit celui-ci.

Vallon le considéra, parut reprendre ses esprits.

— Mon beau-frère a été assassiné, annonça-t-il d'une voix teintée d'émotion. Vous parlez d'une tuile... Un type en pleine forme, âgé de 28 ans à peine.

Lussac, interloqué, sourcilla.

— Assassiné... où ?

— A Trivandrum.

— Que faisait-il là ?

— Passez-moi une cigarette, pria Vallon. J'en ai marre de ces américaines.

Il se servit, tira une profonde bouffée de la Gauloise pour calmer son énervement. Peu après, il reprit :

— Comme moi, il appartenait au personnel de la société. Il était en mission, là-bas, dans le cadre de la construction sous licence des moteurs Viking. Pour moi, c'était d'abord et avant tout un copain, vous comprenez. On se connaissait avant d'entrer à la S.F.M.P. C'est ainsi qu'il a rencontré ma sœur. Ils n'étaient mariés que depuis six mois.

— Ah bon ? fit Lussac, contrarié. Votre sœur vit-elle en France ?

— Non, précisément. Elle avait accompagné son mari, mais elle n'est pas à Trivandrum en ce moment. Ça va faire un beau drame, quand elle apprendra la nouvelle !

— Comment cela s'est-il produit ?

— Bruno Riquois, un de nos collègues, ne m'a pas donné beaucoup de détails. Il semble que mon beau-frère ait été tué d'une balle dans le dos, et qu'on ne lui ait rien volé.

Il ajouta en secouant la tête :

— C'est vraiment trop moche... Qui pouvait avoir des raisons de lui en vouloir ?

Lussac se mordilla la lèvre.

— Vous avez toute ma sympathie. Dans ces circonstances, je m'en voudrais de vous retenir. Mais pourriez-vous faire le nécessaire pour que je puisse entrer en possession de ces clichés ?

— Ah oui, c'est vrai. J'avais oublié, excusez-moi. Patientez quelques minutes, je vais faire d'une pierre deux coups.

Il quitta le laboratoire, abandonnant Lussac à ses cogitations.

Ce dernier, affecté par ce triste événement qui endeuillait l'ingénieur, se remit à compulser distraitement les photos reconstituées par l'ordinateur. Curieuse coïncidence, vraiment, que le meurtre de ce technicien, alors que Lussac songeait précisément à s'informer si un arrivage d'UDMH était attendu au centre indien où l'on montait des moteurs Vikings. Ainsi, cela se passait à Trivandrum ?

De toute façon, la direction de la S.F.M.P. à Paris pourrait aussi bien fournir la réponse.

Vallon revint au bout d'une dizaine de minutes.

— Tout est réglé, déclara-t-il. Nous allons empaqueter cette documentation et, ensuite, je vous conduirai moi-même à votre hôtel. De là, je passerai chez moi pour faire ma valise et, à 7 heures du soir, j'aurai un avion qui, par Bombay et Cochin, m'amènera dans le sud.

— Okay, approuva Lussac. Où est-ce localisé, Trivandrum ?

— C'est une cité qui se trouve presque à la pointe sud de l'Inde, près de la côte ouest, du côté de la Mer d'Oman.

— Je vois.

Ils se mirent à ranger dans un carton les images, parfaitement classées selon leurs coordonnées géographiques, qu'ils avaient si soigneusement examinées ces derniers jours. Une véritable manne céleste à de nombreux points de vue, bien que qu'elle n'eût pas résolu la question essentielle.

— Comment s'appelait-il, votre beau-frère ? demanda Lussac sans interrompre sa besogne.

— Jérôme Berquin. Un type particulièrement doué, sorti des Arts et Métiers. Le cœur sur la main, terriblement amoureux de son épouse. Elle le lui rendait bien, d'ailleurs.

— Et quel âge a votre sœur ?

— Monique ? Elle va sur ses 23 ans. Vraiment mignonne, vous pouvez me croire. J'ai une photo du couple dans mon portefeuille. Je vous la montrerai tout à l'heure, quand j'aurai récupéré mon vestiaire.

Dès lors, ils continuèrent à s'affairer en silence et, une demi-heure plus tard, ils purent quitter le S.A.C.

Sur la route qui les ramenait à Ahmedabad, Lussac revit en pensée l'épreuve qu'il avait regardée avant de monter en voiture ; elle représentait deux jeunes gens affectueusement enlacés, au sourire heureux. Et cette belle idylle venait de prendre fin d'une façon catastrophique.

Il songea aussi à Gobert, qui devait avoir été alerté entre-temps. Responsable de la sécurité, il veillerait à ce que cette sombre histoire soit tirée au clair.

— Quelle était la spécialité de Jérôme Berquin ? demanda négligemment Lussac à son compagnon.

— Il était attaché au bureau d'étude. Une belle carrière lui était promise. Avouez... Quand la poisse s'en mêle !

Arrivés devant l'hôtel Cama, ils se dirent adieu, à peu près sûrs qu'ils ne se reverraient jamais plus.

CHAPITRE III

Une huitaine de jours plus tard, un Européen de grande taille, au teint bronzé, dont les yeux gris au regard bienveillant éclairaient un faciès viril, débarqua à l'aéroport de Trivandrum d'un avion en provenance de Colombo. Sa tenue estivale, chemisette bleue à manches courtes et pantalon de toile, révélait un physique athlétique, svelte et tout en muscles. Comme le font la plupart des touristes intercontinentaux, il portait en sautoir un appareil photographique et tenait un bagage à main aux flancs rebondis.

Les formalités d'entrée furent longues et minutieuses, en particulier pour la déclaration des devises étrangères. Le douanier indien examina le passeport du voyageur, vérifia si la signature apposée sur le livret correspondait à celle figurant sur le formulaire rempli par l'intéressé.

— Okay, M. Coplan, dit-il en restituant le passeport.

Puis, à la craie, il traça une croix sur l'unique valise de l'arrivant, lequel fut aussitôt assailli par des porteurs déguenillés qui se disputaient le privilège de la transporter hors de l'aérogare.

Il régnait une chaleur sèche comme celle d'un tison, et la lumière ardente du soleil meurtrissait les yeux. Les premières pluies de la mousson ne surviendraient — si elles n'avaient pas de retard — que dans un mois. Pourtant, le décor était assez verdoyant, d'une luxuriance tropicale.

Francis Coplan, connaissant l'Inde, et bien que pouvant s'accommoder de conditions de logement assez frustes, vit s'évanouir ses appréhensions lorsque le taxi l'amena devant l'hôtel *Belair* situé dans un parc où abondaient cocotiers, arbustes odoriférants et massifs de fleurs.

Pendant qu'il s'inscrivait au comptoir de la réception, un autre Européen qui avait patienté dans un des fauteuils du hall s'approcha.

— Monsieur Coplan, de la société Cophysic, je présume ?

L'interpellé se tourna vers le quinquagénaire mince et distingué qui lui avait adressé la parole, et dont le visage reflétait un grave souci.

— Monsieur Gobert, sans doute ? fit Coplan tout en lui tendant la main, alors que le bagagiste attendait de le conduire à sa chambre.

— Je m'excuse de vous agripper aussi soudainement, lui dit Gobert tout en l'entraînant un peu à l'écart. Prenez le temps de défaire vos bagages et de vous rafraîchir. Je voulais seulement vous signaler que j'étais là. Quand vous redescendrez, accordez-moi un petit entretien en dépit de la fatigue que vous devez éprouver.

— Je ne serai pas long. J'ai eu quelques bonnes heures de sommeil à Colombo. Le temps de me doucher et je suis à vous.

De fait, Francis Coplan réapparut dans le hall un bon quart d'heure plus tard, l'air détendu, fleurant l'eau de toilette. Il avisa son compatriote qui baguenaudait dans la galerie marchande où étaient exposés des ivoires et des bois sculptés réalisés par l'artisanat local.

Bien que la galerie fût déserte à cette heure de l'après-midi, les deux hommes préférèrent, d'un commun accord, aller se promener dans la cocoteraie.

— Oui, enchaîna Gobert, les deux mains dans les poches et la tête penchée, j'ai voulu vous voir tout de suite parce qu'un élément nouveau a surgi depuis avant-hier. Cette histoire prend décidément une drôle d'allure.

— Si ça ne vous dérange pas, j'aimerais autant que vous repartiez du début, proposa Coplan. Je n'ai qu'une vue très fragmentaire du problème, et puisque vous êtes arrivé ici avant moi, vous avez dû récolter pas mal d'informations sur le crime.

— Moins que vous ne le supposez, malheureusement. Le 20 mars dernier, alors qu'il rentrait chez lui en revenant de son travail, Jérôme Berquin est abattu, tué net d'une balle dans le dos. Première chose bizarre : si des témoins l'ont vu s'écrouler, personne n'a pu dire d'où était parti le coup de feu. Or vous savez combien, en Inde, toutes les voies sont populeuses, à n'importe quel moment.

— A priori, donc, l'œuvre d'un professionnel ?

— Assurément. Il n'y a pas de terrorisme dans cette ville, ni de xénophobie. Berquin a été la victime d'un individu qui avait une raison précise pour l'exécuter, et qui devait observer ses mouvements depuis un certain temps.

— La balle ?

— Calibre standard : 32, ou 7,65 Browning. On a dû vous raconter la suite, étant donné que c'est cette découverte qui a motivé votre envoi à Trivandrum : en fouillant les vêtements du défunt, la police a mis la main sur une bobine de film format 24 × 36 non développée. Or, quand on l'a traitée en laboratoire, on s'est aperçu qu'il s'agissait de 20 photographies de plans et de dispositifs du moteur Viking.

— D'où l'on a déduit que Berquin se livrait à une activité d'espionnage ?

— Eh oui. Cela semble évident, non ?

— A première vue, c'est même aveuglant. La Sécurité indienne a donc dû prendre l'affaire en main ?

— Effectivement. Le domicile de Berquin a été perquisitionné de haut en bas, mais on n'a rien trouvé d'autre qui pût fournir un indice sur les mobiles qui l'ont inspiré, ni sur son commanditaire. De ce côté-là, on se heurte à un mur.

— Il reste à voir si le meurtre et la possession de cette pellicule sont nécessairement liés. Il paraît peu probable que l'homme auquel ces photos étaient destinées ait fait descendre son pourvoyeur, puisque le film n'a pas été dérobé.

Gobert fit un signe d'assentiment.

— C'est bien ce que je me suis dit... Et le crime n'en devient que plus mystérieux. Les supérieurs et les collègues de Berquin sont doublement tombés des nues : d'une part, l'idée qu'il a pu trahir des secrets industriels leur a paru aberrante ; d'autre part, ils ne lui connaissaient pas d'ennemis. Son entente avec le personnel indien, à tous les niveaux, était parfaite.

— Nous reviendrons là-dessus. Vous m'aviez parlé d'un fait nouveau ?

— Oui, et qui vient encore compliquer les choses. Trois jours avant qu'il soit assassiné, Berquin avait confié à son ami Bruno Riquois, un autre ingénieur, que sa femme avait fait un saut jusqu'à Ceylan pour parcourir l'île pendant une semaine. A l'heure actuelle, ce délai est largement dépassé, la femme n'est toujours pas revenue et on n'a même pas pu l'aviser que son mari était décédé.

Un silence plana. Quelques pas plus loin, les deux hommes s'arrêtèrent à l'ombre d'un arbre.

— Hum, grogna Coplan. Voilà qui fait fichtrement penser à une fugue. N'y aurait-il pas, sous roche, un amant qui aurait voulu se débarrasser du mari ? Peut-être même à l'insu de l'épouse...

— Cette hypothèse n'a pas manqué d'être évoquée par la police, et je l'ai envisagée moi-même. Pourtant, elle a paru complètement saugrenue aux meilleurs amis du couple. Celui-ci n'était marié que depuis six mois, les deux conjoints étaient très épris l'un de l'autre. Pas une ombre au tableau. Ceci a d'ailleurs été confirmé par un nommé Vallon, le frère de Monique Berquin, qui est retenu ici en ce moment pour les besoins de l'enquête.

Coplan fit la grimace.

— Pourvu qu'elle ne se soit pas fait liquider aussi, articula-t-il d'une voix sourde. La prolongation de son absence devient inexplicable. Je suppose qu'on a demandé à la police du Sri Lanka de la rechercher ?

— Bien entendu. Vous voyez à présent dans quel pastis nous nous débattons : y a-t-il trois affaires distinctes, ou bien sont-elles imbriquées d'une certaine manière ? En ce qui vous concerne, je présume que votre tâche consiste, en priorité, à élucider le problème d'espionnage. Depuis combien de temps ce trafic dure-t-il ? Au profit de qui Berquin photographiait-il documents et pièces usinées concernant le Viking ?

Francis Coplan, les yeux baissés, se pétrit la nuque, l'air absorbé.

— Un instant, pria-t-il. Ne perdez pas de vue que je débarque ici dans un milieu qui m'est inconnu. Il me faudrait un minimum d'éléments de base. Sur la personnalité de Jérôme Berquin, pour commencer : ses antécédents, sa situation dans l'entreprise, etc. Puis des informations plus générales : qui peut avoir des raisons de s'intéresser, en Asie, à ce propulseur spatial ? Un examen des photos vous a peut-être édifié là-dessus, non ?

Son interlocuteur secoua négativement la tête, se tamponna le front avec un mouchoir en papier.

— On ne peut pas en tirer des conclusions. L'ensemble paraît désordonné. Mais combien d'autres films ont été employés par Berquin avant celui-là ? Combien en aurait-il utilisé après s'il n'avait été tué ? A mon avis, on doit considérer qu'il s'efforçait de fournir une description technique très fouillée du moteur, dans sa totalité.

Ils se remirent à marcher. Coplan remarqua :

— En somme, on me demande d'intervenir au moment où l'affaire est terminée... Le coupable étant mort, un terme est mis à ses agissements frauduleux. Les circonstances du meurtre et la disparition de sa femme sont exclusivement du ressort de la police indienne.

— Oui et non, fit Gobert, réticent. Nous ignorons pourquoi Berquin a été abattu. Vengeance ? Rivalité ? Représailles ? Quoi qu'il en soit, lui mort, ce serait une erreur de croire que celui ou ceux qui le téléguidaient vont renoncer pour autant à s'emparer de ce qui leur manque encore. Demain, ils tenteront de recruter quelqu'un d'autre, si ce n'est déjà fait.

— D'accord, mais la surveillance a dû être sévèrement renforcée, depuis l'attentat ?

— Vous savez ce qu'il en est : tôt ou tard, elle finira par se relâcher, et alors une autre taupe entrera en action. Maintenant, à vous de voir si vous allez mener votre enquête dans l'ombre ou si vous allez coopérer à visage découvert avec les autorités indiennes.

Leur promenade les ramenait dans la direction de l'hôtel.

— Logez-vous ici également ? s'enquit Coplan.

— Oui. Il n'y a d'ailleurs pas l'embarras du choix.

— Et ce Vallon, le frère de Monique Berquin ?

— Lui aussi. Il occupe la chambre 34. Enfin... quand il n'est pas requis ailleurs.

— Voulez-vous nous ménager une entrevue, ce soir après le dîner par exemple ? Dites-lui qu'il vienne me voir au 28.

— Très bien, comptez sur moi. Demain, si vous le jugez utile, je vous emmènerai au *Vikram Sarabhai Space Center* et je vous expliquerai mieux le rôle que nous jouons ici. Cela vous plongera dans le climat.

Puis, après un soupir :

— Pour nous, Occidentaux, l'Inde demeure un des pays les plus déconcertants qui soient. L'organisation sociale y est d'une complexité inouïe, les façons de penser ne cessent de nous étonner. Et la première question que je me suis posée, lorsqu'on a eu la preuve que Berquin était impliqué dans ce détournement de secrets industriels, c'est pourquoi on a eu recours à un Européen pour les obtenir.

— Bonne question, approuva Coplan. Elle postule que, pour les gens qui manipulaient Berquin, sa mentalité et ses réactions étaient plus faciles à cerner que celles d'un Hindou. C'est une chose à retenir. Si nous parvenons à discerner les motivations qui poussaient le défunt, un grand pas sera fait.

— En tout cas, cela risque de ne pas être

commode, grommela Gobert. Je vous le répète : jusqu'à présent, la police ne possède pas le moindre début de piste, ni pour les activités clandestines de Berquin, ni pour son exécution, ni pour la disparition de son épouse. Le néant absolu.

Un sourire acide se peignit sur la face de Coplan.

— Etant Européen, j'aurai peut-être plus de chances que des Orientaux pour résoudre ces énigmes. Si nous allions prendre le thé ?

Ils allèrent s'installer dans la salle du restaurant, s'assirent à une table éloignée de celle qu'occupait un vieux couple d'Anglais, probablement revenus en pèlerinage dans la capitale d'un Etat où, du temps de l'Empire, le digne gentleman avait dû occuper quelque haute fonction.

Un serviteur hindou au teint très foncé, aux pas inaudibles, vint prendre la commande. Comme un chat, il s'immobilisa près de la table, muet, le regard interrogateur.

Gobert, après l'avoir prié d'apporter du thé, renoua la conversation mais en changeant de sujet :

— Il y a d'étranges coïncidences, parfois : un de vos collègues se trouvait aux côtés d'Emile Vallon, à Ahmedabad, quand ce dernier a appris, par téléphone, le décès inopiné de son beau-frère. Et ce même collègue était venu me voir à Paris avant de partir. Un nommé Lussac. Vous le connaissez ?

— Non, dit Coplan. Notez, nous sommes assez

nombreux aux Tourelles (1) et la maison est plutôt cloisonnée. De plus, je me balade constamment d'un endroit de la planète à un autre. Serait-il indiscret de vous demander pourquoi Lussac vous avait contacté ?

— Oh, il n'y a pas de secret. Il désirait des précisions sur les types de moteurs, fabriqués hors de France, qui consomment de l'UDMH, ceci à la suite d'une information reçue... hum, d'un rivage de la mer Noire. Et j'ai encore revu Lussac 24 heures avant mon départ, afin de lui donner un renseignement complémentaire, à savoir que l'Inde n'avait pas reçu, ces jours derniers, du propergol en provenance d'U.R.S.S. pour la bonne raison qu'elle fabrique elle-même son UDMH. Mais vous voyez, les circonstances m'amènent à rencontrer parfois des délégués de votre maison.

— Je m'en doute, marmonna Coplan. Dans ce monde où sévit une guerre économique acharnée, où l'exportation devient un problème vital, nous sommes appelés, de plus en plus, à contrecarrer les manœuvres de pays concurrents. Et cette lutte prend, dans certains cas, une tournure violente. On ne se fait pas de cadeaux.

Toujours silencieux comme un Trappiste, le garçon apporta un plateau qu'il déposa sur la

(1) La caserne des Tourelles abrite le siège du S.D.E.C.E. On l'appelle parfois aussi « la piscine » en raison d'un établissement de bains qui jouxte sa face latérale, rue des Tourelles.

table, aussi fuyant que s'il commettait une mauvaise action. Quand il se fut esquivé, Gobert reprit sur un ton soucieux :

— Peut-être l'ignorez-vous, mais la S.F.M.P. traverse une mauvaise passe en ce moment. Il est question de licencier du personnel dans la Division des moteurs lourds, précisément. Il ne faudrait vraiment pas qu'apparaisse sur le marché une sorte de Viking moins coûteux ou plus puissant. A une autre échelle, la construction de fusées commence à ressembler à l'industrie automobile des années 50. C'est la grosse bagarre...

Coplan, versant le thé fumant dans les deux tasses, déclara :

— Les Chinois disent : « Un voyage de mille lieues commence par un pas. » Songez donc à m'envoyer Emile Vallon ce soir.

***

L'ingénieur se présenta vers neuf heures du soir à la chambre 28.

L'air emprunté, le front luisant de transpiration, il ne savait quelle contenance adopter devant cette espèce de rugbyman qui le dépassait d'une tête et dont les attributions ne lui avaient pas été clairement définies.

Coplan le mit à l'aise tout de suite :

— Asseyez-vous, monsieur Vallon. J'ai pu frauder un flacon de whisky. Il ne sera pas glacé, mais tant pis. Vous en prendrez bien une gorgée ?

— Volontiers.

— Tapez aussi dans mon paquet de Gitanes, si le cœur vous en dit. Je regrette de vous importuner, mais c'est indispensable. Après le meurtre de votre beau-frère, la disparition de votre sœur doit vous inquiéter sérieusement. Etant chargé de mener une enquête parallèle à celle de la police indienne, à titre officieux, je vous tiens pour un témoin très important, bien que vous n'étiez pas ici à l'époque des faits, parce que vous avez été un intime du jeune ménage. Quel genre d'homme était Berquin ?

Emile Vallon inspira profondément, réfléchit, finit par prononcer :

— Après ce qui s'est passé, ça va vous paraître idiot, mais je l'ai toujours pris pour un type franc comme la main. Vraiment, je ne comprends pas.

Coplan lui alluma sa cigarette, se laissa tomber dans un fauteuil avant d'allumer la sienne. Reprit :

— Estimez-vous qu'il avait du caractère ? Que c'était un homme malléable, docile, ou plutôt ferme, rigide dans ses attitudes et ses convictions ?

— Ça dépendait... A mon sens, il était équilibré, sensible au raisonnement. Mais on ne pouvait pas le qualifier de mou, bien au contraire.

— Etait-il ambitieux ? Aimait-il l'argent ?

— Ambitieux ? Dans son métier, oui. Il voulait gravir les échelons. Mais ce n'était pas par appât du gain. Il pouvait même se montrer très désintéressé, généreux.

— Et sur le plan politique, le classeriez-vous de droite ou de gauche ?

— Je crois que si vous lui aviez posé la question, il aurait répondu que cette distinction relève de la connerie. Il était d'avis que la technique transforme davantage la société que les partis, les idéologies ou les maîtres à penser. C'est d'ailleurs pourquoi il avait insisté pour venir en Inde, parce qu'il jugeait que seules les applications spatiales, en matière d'agriculture et d'autres ressources naturelles, pouvaient améliorer les conditions de vie de sa population. Un pouvoir peut gérer des richesses, il reste impuissant devant le dénuement. Voilà quelle était sa position, en deux mots.

— Je vois, opina Coplan. Venons-en à ses rapports avec sa femme. Ils étaient excellents, m'a-t-on dit. Mais alors, pourquoi votre sœur est-elle partie seule à Ceylan ? Ils auraient pu y aller ensemble, lors d'un congé.

Des rides se tracèrent sur le front de l'ingénieur, exprimant sa perplexité.

— Je dois reconnaître que ça m'a étonné, avoua-t-il. Jamais depuis leur mariage, Jérôme et Monique ne s'étaient quittés d'une semelle. J'en ai même parlé à Riquois, un collègue, pour savoir s'il n'y avait pas eu une brouille entre eux, ces temps derniers. D'après lui, il n'en est rien. De vrais tourtereaux.

— Etiez-vous venu leur rendre visite, depuis leur installation à Trivandrum ?

— Une fois, pendant un week-end.

— Votre sœur ne vous a-t-elle fait aucune

confidence qui, avec le recul, donnerait à réfléchir ?

Après une pause, Vallon répondit :

— Franchement, non. Monique m'a paru heureuse, pas du tout déprimée par son exil. Pour ma part, si elle ne donne pas signe de vie, c'est qu'il lui est arrivé un accident grave. Ou bien...

Il remua sur son siège, hésitant à dévoiler le fond de sa pensée.

— Ou bien ? l'encouragea Coplan, le regard inquisiteur.

— ... quelqu'un l'a informée de la mort de Jérôme, et elle erre là-bas, à demi folle, ne sachant à quoi se résoudre.

D'une moue, Coplan manifesta son scepticisme.

— Pour cela, il aurait fallu que ce quelqu'un puisse la joindre. Or il ne semble pas que Jérôme Berquin ait divulgué à son entourage l'itinéraire que sa femme allait suivre.

— Sauf, peut-être, à l'assassin.

C'était une possibilité, évidemment, mais que rien n'étayait.

— Pardonnez-moi, Vallon. Votre sœur Monique était-elle une fille très sensuelle ? Avait-elle eu des aventures avant de rencontrer Jérôme ?

L'intéressé but un peu de son whisky, la mine embarrassée.

— Allez savoir, murmura-t-il. Qu'elle soit plutôt portée sur la bagatelle, je le crois. Elle n'est sûrement pas arrivée vierge au mariage, à 22 ans passés. De là à s'imaginer qu'elle aurait pu, dans un coup de tête, se jeter au cou d'un inconnu, il y a un grand pas. Elle n'aurait pas plaqué Jérôme du jour au lendemain sans lui transmettre un message, j'en suis convaincu.

— Ou, au minimum, elle vous aurait informé, vous, émit Coplan. Ne fût-ce que pour vous tranquilliser. Est-ce que ce nommé Riquois allait souvent chez eux ?

— J'en ai l'impression, oui.

— Pourriez-vous l'atteindre par téléphone, maintenant ?

— Probablement, à condition qu'il ne soit pas sorti. Pourquoi ?

— Essayez. Je vous le dirai ensuite.

Vallon se leva, alla décrocher le téléphone qui se trouvait sur l'une des tablettes de chevet.

— Que dois-je lui dire ?

— Priez-le de venir nous rejoindre. J'aimerais l'interroger aussi.

L'ingénieur eut immédiatement son correspondant au bout du fil. Il expliqua à Riquois ce qu'on attendait de lui, écouta la réponse puis raccrocha.

— Il va s'amener. C'est l'affaire de quelques minutes.

— Très bien.

Coplan, songeur, se malaxa le menton. Comme l'avait souligné Gobert, cette histoire n'offrait pas beaucoup de prise. Le comportement des deux disparus demeurait énigmatique, et la corrélation qu'il pouvait y avoir entre la mort de l'un et le silence de l'autre ne l'était pas moins. Car si le crime n'avait pas une origine passionnelle, il semblait absurde sous l'angle d'une punition ou d'un règlement de compte. *On ne supprime pas un agent qui s'apprête à vous refiler le produit de ses rapines.* On l'en dépouille d'abord et on le liquide ensuite, à la rigueur.

Coplan releva la tête vers son interlocuteur.

— Vous êtes l'unique membre de la famille qui soit présent à Trivandrum. La police vous a-t-elle remis ce qu'elle avait prélevé dans les poches du mort ?

— Oui. Ce n'était d'ailleurs pas grand-chose : quelques roupies, la clé de son bungalow, des mouchoirs en papier, le contrat de location de sa voiture, laquelle a été restituée à l'agence après qu'on l'ait fouillée sous toutes les coutures.

— A-t-on mis la main sur l'appareil photographique dont il s'était servi ?

— Oui, dans son casier de vestiaire. Un Minox 24 × 36.

Travail d'amateur, jugea Coplan *in petto.* Type d'appareil peu adapté à ce genre de besogne, imprudence inconcevable de le laisser traîner dans un pareil endroit.

Il servit deux autres whiskies et, en attendant la venue de Riquois, il relança la conversation en parlant du voyage de Lussac à Ahmedabad. Vallon, plus détendu, relata les recherches — infructueuses — auxquelles ils s'étaient livrés.

A ce moment, on frappa à la porte.

CHAPITRE IV

— Entrez donc, M. Riquois, invita Coplan.

L'interpellé, un homme d'environ 35 ans, de taille moyenne, fortement bronzé, à l'aspect avenant, franchit le seuil de la chambre. Coplan lui tendit la main, ajouta :

— Désolé de vous avoir dérangé à une heure aussi tardive. Vous devinez pourquoi... Installez-vous du mieux que vous pouvez.

Tandis qu'il refermait la porte, Riquois et Vallon échangèrent quelques mots amicaux en se tutoyant. Comme il n'y avait que deux sièges, Riquois s'assit de travers sur le lit, près de son collègue. Il semblait tracassé.

— Y a-t-il du neuf au sujet de Monique? s'enquit-il.

— Hélas non, dit Coplan. Et je compte un peu sur vous pour débroussailler l'affaire de sa disparition. Pourriez-vous me dire, entre autres, pourquoi cette jeune femme s'est décidée à partir seule pour Ceylan ?

Bruno Riquois arbora une mine des plus évasives.

— Elle ne m'en avait pas soufflé mot, révéla-t-il. La dernière fois que je suis allé chez eux, il n'a pas été question d'un tel voyage. Aussi ai-je été plutôt épaté quand, plus tard, Jérôme m'a annoncé qu'elle avait pris l'avion pour Colombo.

— De quelle façon vous en a-t-il fait part ? Avait-il l'air satisfait ou ennuyé ? Vous a-t-il donné des détails sur ce qui avait incité sa femme à s'offrir cette balade ?

Son interlocuteur se gratta la pommette, épié par Vallon qui semblait suspendu à ses lèvres.

— Eh bien, dit enfin Riquois, je n'ai pas eu l'impression que ça lui faisait plaisir, à Jérôme, qu'elle soit partie si soudainement. Il m'a simplement dit qu'elle avait envie depuis longtemps de visiter cette île enchanteresse, et qu'elle aurait encore dû attendre plusieurs mois s'ils avaient voulu y aller ensemble. Au reste, Jérôme n'était pas très emballé par ce projet. Les temples, les fêtes religieuses, il en avait un peu sa claque, si vous me passez l'expression.

— Néanmoins, l'absence de son épouse lui pesait ?

— Sûrement. Il était devenu plus sombre que d'habitude. Au point que, la veille de sa mort, je l'ai encore blagué en lui conseillant de profiter de son célibat provisoire.

Le changement d'humeur de Jérôme n'avait pas nécessairement trouvé son origine dans l'expédition touristique de sa femme. Coplan, resté debout, interrogea simultanément ses deux invités :

— Combien de jours se sont écoulés entre le départ de Monique et l'assassinat de Jérôme ?

— Cinq, répondit Riquois sans hésiter. Elle aurait dû revenir deux jours après le meurtre, mais on ne l'a pas revue.

Une sincère consternation imprégnait ses traits ; de toute évidence, il n'arrivait pas à s'expliquer ce déplorable enchaînement de circonstances.

Coplan alla se planter devant la fenêtre, contempla le jardin éclairé par quelques luminaires dispersés dans la verdure. Puis, au bout d'un temps, il se retourna vers ses deux compatriotes.

— Ecoutez, leur dit-il à mi-voix. La police indienne a certainement fouillé très méticuleusement le bungalow du jeune couple ; elle n'a rien trouvé qui puisse jeter la moindre lueur sur le périple suivi par Monique ou sur ce qui a entraîné la mort de son mari. Cela, je le sais par Gobert. Pourtant, j'aimerais que nous y allions tous les trois, ce soir même.

— Pour quoi faire ? demanda Vallon, ébahi.

— Parce que *vous* verrez peut-être quelque chose qui a échappé à la sagacité des enquêteurs. Vous étiez des familiers de la maison, vous connaissiez ses occupants, les vêtements qu'ils possédaient, et ainsi de suite. Il se peut qu'une anomalie vous frappe. J'estime qu'il faut tenter l'expérience.

— Moi je veux bien, acquiesça Riquois sans

trop de conviction. Si vous croyez que c'est utile...

— Pour le moment, je n'ai guère d'autre alternative, rétorqua son hôte. Le plus petit indice serait le bienvenu. Pouvons-nous emprunter votre voiture, Riquois ?

— Naturellement.

— Eh bien, allons-y.

***

Les routes, en Inde, sont pleines d'embûches, et particulièrement après la tombée de la nuit. Carrioles et vélos sans éclairage, buffles conduits par un adolescent armé d'une baguette, groupes de femmes dont les robes se confondent avec l'obscurité ou mendiants aveugles marchant au milieu de la chaussée, sans compter les véhicules venant en sens inverse et dont un seul phare est allumé, tout se conjugue pour rendre la conduite éprouvante.

Mais Riquois, accoutumé à tous ces pièges, avait appris à rouler plus lentement qu'en France, le pied droit toujours prêt à enfoncer la pédale de frein. En une vingtaine de minutes, il parvint dans le quartier le plus récent de la ville, où de longues avenues macadamisées ne comptaient, de loin en loin, que de rares bâtisses.

La voiture s'arrêta finalement devant un bungalow aux lignes modernes, doté d'une terrasse au premier étage, au toit plat fait d'une dalle de béton. Un ascétisme architectural tout à l'opposé de la munificente profusion décorative des temples et des palais des anciens maharajahs, l'empreinte du rationalisme britannique.

Les trois hommes gravirent les marches conduisant à la porte d'entrée. La police indienne n'avait pas posé de scellés, ou les avait enlevés pour le cas où Monique Berquin réintégrerait inopinément son domicile.

Emile Vallon introduisit la Yale dans la serrure, dégagea le pène sans difficulté. Ce fut Riquois qui actionna l'interrupteur de l'éclairage du hall ; il précéda Coplan dans la demeure.

Tout était dans l'état où Vallon et Riquois l'avaient vu lors de leur dernière visite, non seulement dans le hall, mais aussi ailleurs : la salle de séjour, la salle à manger, la cuisine ; au-dessus, les deux chambres avec salle de bains, parfaitement en ordre, semblaient attendre le retour des locataires. Mais il y régnait un silence plutôt lugubre.

— Mazette, fit Coplan avec une intonation admirative. On ne soupçonnerait pas que les flics indiens ont procédé à une inspection en règle. Chez nous, ça se verrait.

Puis, tournant son regard vers ses compagnons, il leur recommanda :

— Ouvrez bien les yeux, et explorez à nouveau pièce par pièce. Mais puisque nous sommes dans la chambre à coucher, commencez par examiner la penderie et dites-moi si, à votre avis, certains vêtements de Monique ont été emportés.

Interloqué, Vallon le toisa.

— Vous n'allez pas suspecter ces policiers d'avoir fauché une robe ou des jeans de ma sœur, quand même ?

— Non, mais si Monique est partie *de son plein gré,* elle a dû se munir de quelques toilettes, j'imagine.

— Quoi ? s'exclama Riquois, désemparé. Voudriez-vous insinuer qu'elle n'aurait pas quitté son domicile volontairement ?

— Je n'en sais rien. Je veux vérifier des hypothèses. Monique a aussi pu s'en aller de son propre chef, mais pas pour se rendre à Ceylan. C'est à vous de m'édifier.

Médusés par cette logique sans faille, les deux ingénieurs entreprirent de passer en revue les pantalons, T-shirts, corsages, jupes et robes pendus à des cintres, en tâchant de se souvenir s'ils avaient vu Monique habillée de vêtements autres que ceux qui se trouvaient là. Ce n'était pas une tâche facile, car sa garde-robe était bien fournie.

Vallon abandonna le premier :

— Je suis incapable de vous dire si certaines choses manquent. De plus, ma sœur n'a sans doute emporté que le strict minimum, des tenues banales, légères, qu'on peut laver soi-même en cours de route.

Riquois émit un soupir.

— Selon moi, il ne manque qu'une robe d'été, en cotonnade, qu'elle avait d'ailleurs achetée ici. Ah ! Aussi une jupe blanche et un chemisier jaune... Monique les portait quand je l'ai vue pour la dernière fois, en bas.

— Alors, cherchez du côté des chaussures.

Il y en avait une belle rangée, allant de la paire d'escarpins dorés pour le soir jusqu'aux baskets pour la marche.

Indécis, Riquois finit par protester :

— Vous savez, moi je ne la détaillais pas des pieds à la tête. Je n'ai pas songé à dresser un inventaire de ses toilettes. Est-ce que vous seriez fichu de le dire, vous, si une ou deux paires de chaussures de votre femme manquent à l'appel ?

— Je ne suis pas marié, dit Coplan. Si je l'étais, j'en serais probablement incapable, effectivement. Mais enfin, rien ne vous saute aux yeux ? L'absence, par exemple, de sandales un peu fantaisistes qui, par leur élégance ou leur coloris, auraient attiré votre regard ? Ça se remarque, chez une jolie fille, que diable !

Avec une énorme bonne volonté, les deux familiers du couple sondèrent leur mémoire tout en contemplant la collection.

— Celles qu'elle avait aux pieds lors de ma visite sont là, affirma Vallon. Ce sont ces sandales à haut talon, de couleur parme, avec des brides fines enserrant la cheville.

— Moi, je ne vois pas les espadrilles rouges qu'elle met pour aller à la plage, signala Riquois. A part ça, seule une paire d'escarpins noirs, vernis, ne figure pas dans la série.

Coplan, ne pouvant se faire une opinion d'après des données aussi incertaines, grommela :

— Bon, laissez tomber. Je suppose que nous ne serons pas plus avancés si nous comptons les slips et les soutiens-gorge qui doivent subsister dans des tiroirs. Voyons plutôt dans la salle de bains si le petit matériel de beauté a été retiré des tablettes.

Ils passèrent dans la pièce contiguë où, d'emblée, ils aperçurent les crayons, pinceaux, flacons et menus ustensiles qui sont couramment utilisés par une jeune femme soucieuse de son apparence.

Vallon leva les yeux vers Riquois, lequel dirigeait les siens vers Coplan pour savoir ce que ce dernier pensait de cette découverte.

Une moue de mécontement abaissait les coins de la bouche de l'agent du S.D.E.C.

— Ça ne me plaît pas beaucoup, murmura-t-il. Même quand une femme a décidé de ne pas être coquette, elle emporte un minimum d'accessoires.

— Elle en avait peut-être d'autres dans une trousse de voyage ? suggéra Emile Vallon.

— C'est possible. Reste à voir où est cette trousse. Cherchons-la, à tout hasard.

Or, au bout de deux minutes, il la trouva, la montra à ses auxiliaires bénévoles gagnés par une sourde anxiété.

— Curieux, lança-t-il sur un ton méditatif en inventoriant le contenu de la pochette.

— Elle a pu se contenter de ce qu'elle trimbalait habituellement dans son sac à main, objecta Riquois. Elle n'envisageait sûrement pas d'assister à des soirées mondaines à Ceylan.

— Admettons-le, concéda Coplan, non sans une légère réticence mentale. Allons donc voir ailleurs.

Ils refluèrent vers le rez-de-chaussée, troublés, encore plus inquiets qu'auparavant, amenés à supposer qu'il existait bel et bien une corrélation entre le silence de Monique et la mort de son époux.

Lorsqu'ils eurent débouché dans la salle de séjour, Coplan insista derechef :

— Si vous décelez le moindre changement, même le plus anodin, n'hésitez pas à me le signaler.

Ni l'ameublement, ni la décoration ne cherchaient à parer cette pièce d'un aspect oriental. Le seul objet hindou était une cafetière en cuivre très ouvragée, au long bec verseur. Pour le reste, canapé, fauteuils, moquette et luminaires auraient pu se voir dans n'importe quel intérieur européen. Chaîne Hi-Fi dans l'un des angles, récepteur de télévision dans l'autre.

— Tiens ! s'exclama Riquois. Je ne savais pas que Jérôme s'était acheté un enregistreur de vidéocassettes... Cet appareil n'était pas là lors de ma dernière visite.

Les trois hommes s'approchèrent du boîtier métallisé qui, faute d'un support adéquat, était simplement posé par terre, relié au poste de télé par des connexions volantes.

— Votre ami aurait donc voulu faire une surprise à sa femme ? supputa Coplan.

— Heu... Sans doute.

— Du matériel comme celui-là n'est pas précisément bon marché.

— Non, reconnut Vallon. Ce truc-là doit valoir

près d'une brique. Et je n'en vois pas bien l'intérêt. Les programmes de la télévision indienne ne me paraissent pas assez passionnants pour mériter d'être mis en conserve.

Riquois souligna :

— Il n'y a pas de caméra. Ce magnétoscope ne peut donc servir qu'à enregistrer une émission et à la reproduire, sans plus.

— Un vidéolecteur peut aussi meubler des heures creuses en projetant sur l'écran une cassette de film achetée dans le commerce, opposa Coplan.

Ce disant, il s'accroupit pour y regarder de plus près. Une cassette était logée dans l'alvéole, le compte-tours remis à zéro. Vraisemblablement, la veille de son assassinat, Jérôme Berquin avait dû s'amuser à faire quelques essais.

Etendant le bras, Coplan appuya sur la touche d'allumage du récepteur, puis sur celle du magnétoscope, question de voir ce que Berquin avait enregistré, et à quelle heure. Lorsque l'écran se fut éclairé, Coplan fit démarrer la bande magnétique.

Aucune image n'apparut sur l'écran mais, au bout de quelques secondes, une voix résonna dans le haut-parleur du poste.

« Le temps passe, M. Berquin. Nous commençons à perdre patience. Renoncez à l'idée de faire brancher votre ligne téléphonique sur la table d'écoute pour savoir d'où proviennent nos appels. Ceci vous démontre qu'il est déjà trop tard. »

Coplan expédia un coup d'œil surpris à ses

compagnons, pour le moins aussi intrigués que lui.

« ... Tâchez de vous débrouiller pour nous procurer au plus vite la documentation voulue. Vous demandiez des preuves que votre femme est encore vivante. Dans quelques secondes, vous allez voir des scènes prises tout au long de sa captivité. Elles vous feront comprendre que vous avez intérêt à obéir à nos ordres, et sans délai. »

Une lumière plus vive envahit l'écran, et l'image en couleur qui s'y projeta fit tressaillir les trois hommes. Avec un mélange de gêne et d'intense curiosité, ils fixèrent la jolie fille aux seins dénudés qui semblait poser sur eux un regard étrange.

Les épaulettes de sa robe avaient été rabattues. Les bras croisés sous sa poitrine, la jeune femme semblait l'exhiber avec une tranquille impudeur. Sur un fond de verdure, le visage encadré par une chevelure éventée par la brise, elle posait complaisamment devant l'objectif, les traits détendus, son attitude dénonçant un défi amusé.

— Monique... proféra Vallon, sidéré.

Quant à Riquois, bouche bée, il n'en croyait pas ses yeux.

La voix masculine reprit sur un ton sardonique :

« Bien qu'étant en parfaite santé, votre épouse n'est pas tout à fait dans son état normal. Sous l'effet d'une drogue douce qui lui laisse sa lucidité, efface ses inhibitions et stimule ses désirs sexuels, elle gardera le souvenir des incidents qui, par votre faute, auront agrémenté sa captivité. Ceci risque de poser quelques problèmes quand vous aurez repris la vie commune, car vos atermoiements n'ont fait qu'aggraver les choses. Cette période d'euphorie à laquelle vous assistez actuellement date du second jour de sa détention. Les suivantes... »

Une forte déflagration secoua tout le bungalow, au point que ses occupants purent croire qu'il venait d'être frappé par la foudre. Commotionnés, plongés dans l'obscurité, ils restèrent figés sur place, ne comprenant pas ce qui se passait, tentés de se jeter à plat ventre ou de déguerpir.

Une odeur piquante et des flammèches s'échappant soudain du téléviseur témoignèrent que le tube cathodique de l'appareil venait d'imploser. Le feu embrasait l'ébénisterie, se développait rapidement et menaçait de se communiquer aux rideaux.

Coplan jeta à Riquois :

— Cavalez au disjoncteur, vous devez savoir où il se trouve ! Coupez le courant !

Puis, à Vallon :

— Vous, cherchez une couverture et mouillez-la dans un lavabo, en vitesse, pour étouffer ce foyer d'incendie.

Quant à lui, il ne fut pas long à découvrir ce qui avait provoqué la destruction brutale du poste : les vitres des fenêtres avaient volé en éclats, leurs débris aspirés à l'intérieur de la pièce, sauf une seule. Cette dernière était percée d'un trou rond autour duquel se propageaient en étoile une multitude de fendillements.

Coplan se rua vers le hall d'entrée, déboucha sur le perron, ses yeux scrutant les ténèbres, l'oreille aux aguets. Presque aussitôt, il y eut un faible miaulement suivi d'un impact qui érafla la pierre à deux doigts de sa figure. Il fléchit des jambes et sauta au bas des marches pour essayer de localiser un tireur muni d'une arme à silencieux. Mais tout ce qu'il vit fugitivement fut une silhouette distante d'une vingtaine de mètres et qui enfourchait une moto, laquelle démarra à l'arraché.

Coplan reflua à l'intérieur du bungalow malgré la fumée de plus en plus âcre qui envahissait la salle de séjour. Le courant d'air attisait le feu, mais celui-ci permettait au moins de se guider.

Vallon s'amena avec une couverture ruisselante tenue à bout de bras. Il l'ouvrit tant bien que mal, bientôt aidé par Coplan qui en coiffa le récepteur de télévision brûlant comme un poêle. Riquois survint sur ces entrefaites, lesté d'un seau en plastique qu'il avait dû remplir au sous-sol. Avant qu'il eût pu en projeter le contenu sur les rideaux et la moquette, Coplan s'accroupit près du magnétoscope en criant :

— Attendez ! Sauvons l'essentiel d'abord...

Il transporta en hâte l'enregistreur Vidéo près de la porte du hall. Toussant, à demi asphyxié, il invita Riquois, d'un geste, à balancer l'eau sur les foyers secondaires. En quelques minutes, les trois hommes parvinrent à maîtriser le feu, puis à ventiler l'air de la pièce. Les bronches sifflantes et les yeux picotants, ils estimèrent que tout danger était désormais écarté, ce qui les autorisait à aller respirer à l'extérieur.

Des curieux, alertés par l'explosion, s'étaient groupés devant le bungalow. Prêts à intervenir si on le leur demandait, ils discutaient avec véhémence dans leur langue inintelligible.

Riquois les apostropha en anglais :

— C'est terminé... Ce n'était qu'un accident. Il n'y a pas de mal.

L'un des Hindous traduisit ces paroles pour ses coreligionnaires et ceux-ci, dépités d'avoir manqué une occasion de gagner quelques roupies, ne se résignèrent cependant pas à s'en aller tout de suite.

Emile Vallon, encore sous le coup de l'émotion, dit à Coplan :

— Vous parlez d'une secousse... J'ai craint que tout allait flamber. Est-ce que je vais devoir prévenir la police ?

— Elle risque d'être avertie, de toute façon. Il s'agit bel et bien d'un attentat.

— Quoi ?

— Un type a tiré une balle dans le tube du poste, de l'extérieur. Il suffit de voir cette vitre.

— Mais... dans quel but ?

— Pour détruire la cassette, pardi ! Si nous avions appelé les pompiers au lieu d'intervenir nous-mêmes, le feu n'aurait pas tardé à la carboniser.

Riquois, qui avait entendu les paroles de Coplan, vint les rejoindre.

— Bon sang, proféra-t-il. J'étais certain que Jérôme n'avait pu commettre une bêtise comme celle-là sans y être contraint. C'est dégueulasse... Allez-vous remettre cet enregistrement à la police indienne ? Dieu sait ce qu'il contient encore, comme infamies !

— Oui, appuya Vallon d'une voix contenue. Monique est ma sœur, après tout. Je ne tiens pas à ce que ces images soient reluquées par des dizaines de flics. On devrait embarquer l'appareil en douce.

— D'accord, dit Coplan, mais je ne garantis rien pour la suite. Si la bande magnétique révèle des indices capables de mettre les policiers sur la trace des ravisseurs, nous serons bien obligés de l'exhiber.

— Rentrons, suggéra Riquois. Ces badauds nous examinent comme des bêtes curieuses. Ils ne déguerpiront pas tant que nous resterons plantés sur ce perron.

Ils pénétrèrent à nouveau dans la maison avec l'intention d'y remettre un peu d'ordre. A la lueur d'un briquet, Coplan retira la fiche de la prise de courant afin de permettre à Riquois d'aller réenclencher le disjoncteur. Des odeurs de brûlé continuaient à s'échapper du poste.

Bientôt la lumière revint, éclairant les dégâts. Avant de se mettre à l'ouvrage, Coplan conseilla :

— Si une voiture de patrouille s'amenait, tenons-nous-en à la version d'un accident. Le tube a implosé sans qu'on sache pourquoi, deux minutes après que Vallon ait allumé la télé. Nous n'avions rien trouvé d'anormal dans la bicoque.

Les deux autres opinèrent, jugeant que cette solution leur donnerait au minimum le temps de réfléchir.

Pendant qu'ils déblayaient le sol avec des moyens de fortune, Coplan reprit :

— Je vais saisir le magnétoscope, sous ma responsabilité, mais avec votre accord, Vallon. Pas d'objection ?

— Aucune.

Bien que cette incursion au domicile de Berquin eût imprimé une nouvelle tournure à l'affaire, Coplan était loin de s'en réjouir. Si la jeune femme avait été kidnappée pour servir de moyen de pression et de chantage, qu'allait-il advenir d'elle après la mort de Jérôme ?

Emile Vallon abaissait les volets de toutes les fenêtres de la salle de séjour.

— Je devrai revenir pour nettoyer tout cela plus convenablement, maugréa-t-il. Voyez-moi ce chantier ! Ah ! les salauds...

— J'ai vu filer le type qui a tiré, dévoila Coplan. Il portait une gandoura et un turban. Sans doute n'était-il venu que pour récupérer la vidéocassette, mais il a dû paniquer quand il s'est aperçu que nous étions en train de la visionner.

Riquois souligna :

— Le meurtre de Jérôme semble avoir pris de court les auteurs du rapt de Monique. D'après ce que nous avons entendu, ils n'avaient encore reçu aucune photo, puisqu'ils cherchaient à l'affoler pour en obtenir.

— Le film trouvé dans une poche de Berquin montre en tout cas qu'ils étaient sur le point de gagner, indiqua Coplan. Qu'est-ce qui a pu faire rater leur combine ?

Puis, changeant de ton :

— Il ne sert plus à rien de nous attarder ici. La police n'a pas été alertée, dirait-on. Rentrons à l'hôtel avec notre butin. Pourvu que cette bande magnétique nous livre un tuyau valable !

CHAPITRE V

Quand ils sortirent du bungalow, aux environs de minuit, il n'y avait plus de curieux dans l'avenue. Tandis que Vallon refermait le Yale, Coplan et Riquois se dirigèrent vers la voiture ; l'ingénieur en profita pour confier :

— Il faut absolument tirer Monique des griffes de ceux qui la détiennent, et très vite car, à mon sens, sa vie est menacée. Emile n'a pas l'air de s'en rendre compte.

— Je pense comme vous, répondit Coplan à mi-voix. A présent, nous ne pouvons plus gaspiller une minute.

Ils étaient parvenus devant la berline, où Vallon les rejoignit.

— Vous ne pourrez pas utiliser cet appareil à l'hôtel, prévint ce dernier. Il n'y a pas de téléviseurs dans les chambres.

— Faisons un détour chez moi, proposa Riquois. A moins que ça ne t'embête que...

— Au point où nous en sommes... rétorqua son collègue, déprimé. Comme, de toute façon, mon beau-frère ne le saura jamais, je n'y vois pas d'inconvénient. Au contraire : tu distingueras peut-être des détails qui nous échapperaient, à Coplan et moi. Nous ne sommes plus des enfants de chœur.

Ils prirent place dans la voiture, les deux ingénieurs à l'avant et l'émissaire du S.D.E.C., avec le magnétoscope, à l'arrière.

La demeure de Riquois, appartenant au même secteur résidentiel, n'était guère éloignée de celle des Berquin. Pendant ce court trajet, les trois Français gardèrent le silence, préoccupés par mille questions et, aussi, tenaillés par l'envie un peu trouble de savoir ce que la jeune femme avait enduré pour que, subitement, la résistance morale de Jérôme se fût effondrée. La technique des ravisseurs, pour atteindre leurs objectifs, avait été plus perfide que celles empruntées d'habitude par les preneurs d'otages.

La villa de Bruno Riquois ne différait pas beaucoup de la précédente ; elle devait dater aussi de l'après-guerre. Le locataire des lieux introduisit ses compagnons dans le living.

— Prenez place, branchez le vidéolecteur. Moi, je vais commencer par baisser les volets, qu'on n'ait pas la même blague.

— Nous n'avons pas été suivis, assura Coplan tout en se rapprochant du récepteur de télévision. Du moins, je le crois. Mais deux précautions valent mieux qu'une.

Riquois disposa sur un guéridon des verres et

des bouteilles de coca-cola glacées, avec un décapsuleur.

— Désolé, je n'ai rien de mieux à vous offrir. Enfin, cela étanchera un peu notre soif.

Heureusement, ici, la climatisation rendait le séjour plus supportable. Coplan annonça :

— Je vais faire repartir la bande au début. Ecoutez attentivement le timbre de la voix, sa diction et son accent. Il n'est pas exclu que vous ayez fréquenté ce bonhomme, soit dans le cadre de votre vie professionnelle, soit parmi les relations que vous avez dû vous faire dans la ville.

Confortablement assis dans des fauteuils, les spectateurs guettèrent les paroles de l'inconnu qui devait avoir été l'organisateur de cette ignoble machination. Puis la première image apparut, montrant à nouveau Monique dans une sorte d'état second, paraissant éprouver une fierté naïve d'exposer ses jolis seins.

Riquois prononça :

— Non, je n'ai jamais dû rencontrer ce type, ni même l'entendre par téléphone. Mais ce que je peux vous dire, c'est que son accent n'est pas celui d'un Indien du Sud. Pour parler l'anglais aussi bien, il a dû faire des études en Grande-Bretagne.

Le message continuait :

« Cette période d'euphorie à laquelle vous assistez date du second jour de sa détention. Les scènes suivantes vous apprendront comment vos refus, puis votre manque d'empressement à nous fournir ce que nous exigeons, ont influé sur notre comportement à l'égard de notre otage. Voici ce qui s'est produit le troisième jour. »

La première image, qui s'était effacée entre-temps, fut remplacée par une autre. Dès la première seconde, Coplan et ses compagnons ne purent réprimer un haut-le-corps.

De profil par rapport à la caméra, la jeune femme retroussait sa jupe jusqu'à la taille pour montrer son bas-ventre — dépourvu de slip — à trois individus athlétiques, grands, entièrement nus, mais dont la tête était emmaillotée dans un turban qui leur masquait le visage. Plantés en face d'elle à deux mètres de distance, ils fixaient effrontément, sans bouger, l'entrejambe de l'Européenne.

L'érection progressive de leur pénis révélait la concupiscence que la vision de ce triangle ombré et de ces cuisses bien tournées éveillait en eux.

« Vous pouvez constater que votre épouse, mise en condition par mes soins, a été des plus coopératives, souligna sarcastiquement le présentateur. Par chance, mes hommes sont très disciplinés ! »

Monique, s'apercevant que son manège suscitait la convoitise des mâles qui la contemplaient, lâcha un petit rire aigu. Elle laissa retomber sa jupe, s'approcha de l'un d'entre eux et prit familièrement son membre viril, l'enveloppa de sa paume, le caressa de bas en haut en chuchotant :

« Qu'est-ce que tu attends ? Donne-le-moi. »

Elle fit apparaître sa langue entre ses lèvres et la fit frétiller d'une manière significative.

Pétrifiés dans leur fauteuil, Vallon et Riquois retenaient leur souffle. Cela dépassait leurs appréhensions mais ne les empêchait pas d'être choqués par l'obscénité du geste et des propos d'une fille qu'ils avaient toujours connue pudique et réservée. Se pouvait-il qu'une quantité infinitésimale d'un produit aphrodisiaque l'eût transformée en cette créature provocante, agressive ?

Aussi captivé que ses deux compatriotes, Coplan n'en accordait pas moins son attention au décor, ainsi qu'aux particularités physiques de ces individus.

L'hercule auquel Monique faisait des avances restait immobile, au prix d'un violent effort sur lui-même à n'en pas douter. Alors elle se tourna vers un autre, lui flatta également la verge.

« Et toi, tu ne veux pas me la fourrer ? Elle est bien dure, pourtant. Encore plus grosse que celle de ton ami. »

Visiblement, elle n'y tenait plus, sa respiration devenait haletante. Soudain, elle releva de nouveau sa jupe sur ses cuisses rondes et fermes, la maintint collée par ses coudes contre son corps et, sautant au cou de l'inconnu, elle enroula ses jambes autour de sa taille pour s'emparer de force du phallus érigé.

Un ordre retentit, proféré dans une langue incompréhensible par un personnage qui n'apparaissait pas sur l'écran. Aussitôt les deux autres sbires empoignèrent la fille et l'obligèrent à lâcher prise. Bien qu'elle se débattît comme une hystérique, ils l'entraînèrent hors du champ de la caméra, leurs mains plaquées sous ses fesses nues.

L'écran redevint obscur, avec quelques scintillations, tandis que le commentaire reprenait :

« Ne vous frappez pas. Ils l'ont enfermée dans une chambre et ne l'ont pas touchée, malgré ses invites. Laissée seule, elle a souffert assez cruellement, pendant une demi-heure, de ne pas avoir été satisfaite, mais ensuite la crise s'est apaisée. Je lui ai révélé que tout avait été filmé à votre intention, et qu'il ne tenait qu'à vous qu'elle soit libérée. Mais comme vous avez continué à faire la sourde oreille, voilà ce qui est arrivé le quatrième jour. »

Coplan, appuyant sur un bouton poussoir du magnétoscope, arrêta le défilement de la bande.

— Dieu sait si j'en ai vu, des crapuleries, mais d'aussi abjectes que celle-là, jamais, grommela-t-il. Pas étonnant que Berquin ait fini par craquer... Ce procédé est vraiment diabolique, en ce sens que les ravisseurs ont limité au minimum leurs communications avec lui : un coup de fil initial après le rapt, puis le dépôt, quelque part, de cet appareil. Jérôme n'aurait pu raconter grand-chose pour aider les enquêteurs, et il se serait plutôt dépêché d'effacer la bande.

— Le malheureux, murmura Vallon. Dire qu'il aura vu ces cochonneries avant de mourir !

Riquois lampa une grande gorgée de coca avant de parler :

— Ces bandits l'auront choisi parce qu'il était

le plus vulnérable ; le seul, de tous les membres de notre équipe, dont la femme vivait ici.

Coplan s'informa :

— Vous n'avez aucune idée de l'endroit où ceci a pu se dérouler ? Par les plantes du jardin du premier décor, par exemple ?

— Non, mais je peux quand même vous fournir une indication. Ces trois types que nous avons vus doivent appartenir à la caste des Moplahs.

— Sur quoi vous basez-vous pour affirmer cela ?

— Sur leur physique. Vous avez dû remarquer qu'ils sont drôlement costauds, et circoncis. Seuls les musulmans obéissent à cette pratique, en Inde. Or les Moplahs sont les descendants de marins arabes et de femmes indiennes. Du temps de la Compagnie Française des Indes Orientales, au XVIIIe siècle, nous avons recruté des mercenaires parmi eux, en raison de leur robustesse. On les appelait des Malabars, du nom de la côte où ils vivaient, et le mot est entré dans notre vocabulaire.

— Intéressant, laissa tomber Coplan. Ceux-ci sont de magnifiques spécimens, il faut en convenir. Quels métiers font-ils actuellement, ces Moplahs ?

— Pêcheurs, débardeurs, ouvriers agricoles, toujours affectés aux besognes les plus dures, sous-payées. D'un tempérament assez violent, bagarreurs, ils n'hésitent pas à devenir pirates ou bandits.

— En somme, un excellent réservoir d'hommes de main ? Y en a-t-il qui travaillent au Centre ?

— Je l'ignore, mais je pourrais me renseigner auprès de nos amis indiens.

— Faites-le dès demain. Que les auteurs de ce complot aient jeté leur dévolu sur Berquin suppose une recherche préalable.

— Je m'en occuperai, promit Riquois.

Coplan se tourna vers Vallon :

— Je regrette, mais si pénible que soit pour vous cette épreuve, nous devons regarder la suite.

L'ingénieur soupira, l'air accablé.

— Continuez, invita-t-il. On ne peut tenir ma sœur pour responsable de ses agissements. C'est une autre fille qu'on voit sur cet écran : sa personnalité a été complètement dénaturée par la drogue.

Coplan enfonça la touche de remise en marche. De nouvelles images apparurent bientôt.

La scène se déroulait dans la même pièce que précédemment, mais avec un meuble supplémentaire : un lit bas, au premier plan. Les Moplahs, toujours enturbannés comme des Touaregs, leurs yeux à peine visibles dans l'étroite fente de la coiffe qui couvrait leur visage jusqu'au cou, se tenaient à l'arrière, hiératiques, les bras croisés, faisant saillir leurs pectoraux. On eût dit des prêtres qui allaient assister à un sacrifice religieux.

Puis, sur la gauche, apparut la jeune femme, petite et fragile en face de ces grands diables. Nue, elle aussi, juchée sur les escarpins noirs à hauts talons dont l'absence, dans la penderie, avait été mentionnée par Riquois.

Un sourire figé sur les lèvres, elle mit ses mains à la taille et passa en revue, tout en se dandinant d'une façon vulgaire, les trois statues de bronze qui l'observaient. Ses seins au mamelon durci, sa toison frisée épousant le relief d'un pubis gonflé, ses cuisses aguichantes et le contour de ses fesses adorablement dodues ne laissèrent pas les statues indifférentes.

Déjà mis en appétit la veille, les métis indo-arabes arborèrent sans délai des virilités impressionnantes, offensives. Mais aucun d'eux ne décerna une caresse équivoque à la fille tandis qu'elle frôlait leur sexe de sa hanche soyeuse en passant devant eux.

On devinait qu'ils se maîtrisaient à grand-peine, attendant comme des tigres l'autorisation du dompteur pour donner libre cours à leurs instincts. Et Monique, envoûtée, continuait de parader en les toisant d'un regard ironique, déchaînant leur convoitise.

La tension qui régnait dans le living devint oppressante, chacun des spectateurs se doutant que ce préambule annonçait la punition promise par la voix anonyme. Celle-ci résonna, doucereuse :

« Supposez, M. Berquin, que cette fois votre épouse n'ait pas été droguée, qu'elle dispose de son libre arbitre. Mais elle se souvient des deux journées précédentes, de ses désirs inassouvis. Elle en a été marquée. Elle sait que sa libération dépend de vous et que ce film vous sera transmis. Alors, devinez : va-t-elle agir inconsciemment ou bien entrera-t-elle dans le jeu de son plein gré pour arracher votre décision ? »

— Le salaud ! s'exclama Vallon, outré. Si jamais, un jour, je me trouve en face de lui, je lui sors les tripes !

Coplan renchérit :

— Ce gars-là, j'espère bien pouvoir lui régler son compte moi-même. Comme torture psychologique, il en connaît un sacré bout !

Dès ce moment, les Français essayèrent de déceler, sur le visage ou dans les yeux de la fille, si elle était ou non sous l'effet d'un produit annihilant ses barrières morales.

Mais sa chevelure cachait ses traits. Agenouillée devant un des Moplahs, les hochements répétés de sa tête révélaient clairement que sa bouche voulait exaspérer le désir de l'homme jusqu'à son paroxysme. On ne pouvait douter qu'elle mettait une ardeur perverse à fustiger la lubricité du musulman.

Or elle l'abandonna subitement, se redressa, recula en le dévisageant et s'allongea sur la couchette, les mains derrière la nuque, les cuisses ouvertes.

Incapable de se contrôler plus longtemps, le Malabar se rua sur elle, la couvrit et la prit à fond, d'une poussée, en lâchant un grognement de béatitude. Par un réglage de zoom de la caméra, l'objectif cadra uniquement les deux partenaires, de sorte que l'image en gros plan fit apparaître leur accouplement avec une impitoyable netteté.

L'escogriffe avait agrippé la fille sous les omoplates, il la fouillait avec une sombre délectation. Elle leva très haut ses talons pour s'offrir aux coups du pénis bien huilé qui plongeait au tréfonds d'elle-même.

Riquois, éberlué, la gorge sèche, ne pouvait éviter de fixer avidement la vulve renflée de Monique, accueillante, onctueuse, aux lèvres distendues, ainsi que le sillon obscur qui, entre ses fesses, était battu à un rythme régulier par la bourse de son agresseur. Ce qu'il devait s'en payer, ce salopard !

Tandis que la belle crucifiée se mettait à gémir, les narines palpitantes, elle referma les bras sur le dos puissant de l'individu. Ce dernier, emporté par ses sensations, s'épancha trop vite en elle par quelques rudes convulsions, si bien que Monique persista à chercher la volupté en engluant, par des saccades exigeantes de son ventre, la lourde verge encore raidie fichée en elle.

Néanmoins, soulagé, épuisé, l'homme se déroba à son étreinte pour céder la place au second de ses acolytes. A peine désertée, la jeune femme fut à nouveau envahie par un phallus incandescent qui la cloua sur sa couche. Elle entrouvrit des yeux chavirés, enlaça cet autre geôlier masqué affamé de sa chair et se mit à répondre, par de souples mouvements de sa croupe, à ses profondes intrusions.

Sa ferveur égalait si bien celle du mâle qu'elle

ne tarda pas à se contracter tout en exhalant des râles précipités, triomphants, ce qui accéléra les violences du Moplah. Transporté, il pollua généreusement l'intimité secrète de sa prisonnière délirante et demeura soudé à elle, vibrant, jusqu'à ce qu'elle eût cessé de le serrer, enfin assouvie. Alors, il se résigna à la quitter.

La voix en profita pour intercaler :

« Qu'en pensez-vous, M. Berquin ? La complaisance active de votre charmante épouse provient-elle d'une excitation chimique, d'une volonté de défoulement ou d'un espoir de gagner de la sorte sa liberté ? Douloureux problème... Mais pardonnez-moi, je ne voudrais pas distraire votre attention. »

Entre-temps, le troisième gredin avait entrepris de posséder la captive. L'ayant contrainte à se mettre à genoux, il s'était placé derrière elle et lui pétrissait les seins. On distinguait nettement un tatouage en forme de roue sur son poignet gauche, le plus proche de la caméra. Après avoir caressé à loisir le corps alléchant de la fille, il la saisit aux hanches pour enfoncer en elle, avec une lenteur voulue, son gros pénis congestionné. Enfin, la Blanche lui appartenait, il savourait l'indicible douceur de sa féminité.

Monique, le menton posé sur ses mains jointes, le dos creusé et les fesses hautes, subit sans réagir cette pénétration massive. Recueillie, son profil délicat parfois tiraillé par une légère douleur, elle laissa patiemment le colosse abuser d'elle, paraissant considérer comme un devoir de se soumettre totalement au bon plaisir du troisième de ses gardiens.

A un moment donné, sa physionomie se tourna inconsciemment du côté de l'objectif. Son regard, bien que fatigué, n'avait rien de nébuleux. Elle cillait à peine pendant que son agresseur enivré la malmenait par de sévères à-coups.

Bruno Riquois, confus d'assister à cela, n'en était pas moins fasciné par le comportement lascif de la femme de son ami. Jaloux de la chance de ces robustes métis, il était gagné par un désir irrépressible.

Enfin, l'homme poussa une dernière fois, très loin, son gland tuméfié dans le vagin docile et liquoreux de l'Européenne. Submergé par un bonheur corrosif, il l'inonda passionnément de furieuses giclées.

« Salaud », l'insulta presque tendrement Monique, avec une bienveillance amusée, lorsqu'il eut fini de se vider en elle. L'objectif de la caméra se referma sur cette dernière image du couple emmêlé, et l'on entendit la voix qui reprenait :

« Si, dans 24 heures au plus tard, vous n'avez pas déposé la bobine à l'endroit indiqué, vous recevrez une seconde cassette. Je dois vous prévenir que mes auxiliaires seraient enchantés d'initier votre épouse aux terribles délices de la sodomisation. Maintenant, à vous de jouer. »

Le silence se fit.

Vallon s'essuya le front du revers du bras, Coplan se mit en devoir d'allumer une cigarette et

Riquois s'éloigna vers la cuisine pour y prendre d'autres bouteilles de coca.

Coplan éteignit la télé, stoppa le magnétoscope, revint s'asseoir dans son fauteuil. Après ce qu'ils venaient de voir, tous les trois, il était difficile de renouer le dialogue. D'autant qu'une même idée les hantait.

Jérôme Berquin n'avait pas livré la pellicule dans le délai imposé. Or, quand les ravisseurs de sa femme avaient-ils appris qu'on l'avait assassiné, et que leur chantage avait donc perdu sa raison d'être ?

Dans leur for intérieur, Riquois et ses hôtes ressentaient un obscur malaise. A présent, ils n'étaient plus persuadés que Monique avait obéi, ce jour-là, aux impulsions irrésistibles prodiguées par une substance érotisante. Dans l'affirmative, elle aurait hurlé de plaisir à chacune de ses possessions. Or, en y mettant du sien, elle n'avait vraiment joui qu'une seule fois, avec le second élu. Ceci ouvrait de singulières perspectives sur son irresponsabilité réelle ou supposée.

Coplan se secoua.

— En définitive, déclara-t-il, elle court peut-être un danger moins grand que nous ne l'imaginons.

— En aucun cas, ces canailles ne la relâcheront, rétorqua Emile Vallon, atterré. S'ils ne la tuent pas par leurs excès, ils finiront par la vendre comme esclave quelque part du côté du golfe Persique. Nous devons la sauver, coûte que coûte.

— Bien sûr, mais nous ne sommes guère plus

avancés. J'ai bien pu noter quelques particularités de ces forbans, ce qui ne nous est pas d'un grand secours dans l'immédiat. Et je doute que la police indienne puisse en tirer un meilleur profit. Il faut reconsidérer tout le problème.

— Pourtant, objecta Riquois, si l'auteur de cette machination a voulu détruire ou récupérer la vidéocassette, c'est qu'il l'estime compromettante. Elle doit receler une indication quelconque, susceptible d'orienter les recherches.

Devant admettre le bien-fondé de cette remarque, Coplan dit après un temps de réflexion :

— Le tout serait de savoir ce que le chef de la bande a jugé le plus révélateur : ses propos, son accent ou le physique d'un de ses subalternes.

A dire vrai, ses deux interlocuteurs auraient été bien embarrassés s'il leur avait demandé de caractériser chacun des Indo-Arabes, mise à part la couleur de leur turban. Vallon n'avait observé que leur conduite scandaleuse, Riquois n'avait eu d' yeux que pour la jeune femme.

Coplan reprit :

— En fin de compte, ces bougres sont tous tatoués. Le premier, sur la poitrine ; le second à l'épaule, et le dernier au poignet gauche. C'est du reste le seul tatouage qui doit être visible quand ces individus sont habillés. Mais il y a autre chose : les gros orteils du premier, celui dont le poitrail s'orne d'une felouque, sont légèrement tordus et ont tendance à empiéter sur le doigt de pied suivant. S'il marche pieds nus, ce peut être un moyen d'identification.

Désabusé, Vallon grommela :

— Il doit y en avoir des milliers comme ça, dans la région. Nous n'allons pas nous balader en reluquant les arpions de tous les autochtones...

— Il n'empêche que ce détail vaut d'être retenu.

Néanmoins, en dépit des nouvelles données plutôt stupéfiantes qu'avait apportées cette soirée, Coplan était contraint de reconnaître qu'elles ne permettaient pas de sortir de l'impasse. Il n'y avait là-dedans, à première vue, aucun indice déterminant.

— Il faut que j'en parle à Gobert, décida-t-il. Riquois, voulez-vous nous ramener à l'hôtel ?

— Cela va de soi.

— Dans ce cas, partons.

Il déconnecta le magnétoscope, se le mit sous le bras tandis que le maître de céans se disposait à quitter sa demeure.

Lorsqu'ils sortirent de la villa, les trois Français ne purent se défendre de regarder aux alentours avant de remonter dans la voiture.

Précaution superflue, selon toute vraisemblance, car ils ne décelèrent rien d'insolite. De même, le retour au *Belair* s'effectua sans le moindre incident.

Il était une heure et demie du matin.

— Je vais vous laisser ici, annonça Riquois. Je dois être au bureau à huit heures. Si vous avez encore besoin de moi, n'hésitez pas. Bien entendu, je ne dirai rien à mes collègues de toute cette histoire.

— Oui, il vaut mieux que ça ne s'ébruite pas, déclara Vallon avec une mine ennuyée. De toute façon, je t'appellerai demain soir.

Il descendit de la voiture, à la suite de Coplan. Un calme merveilleux régnait dans la cocoteraie, le parfum des plantes à épices embaumait l'air tiède de la nuit.

— Allez vous coucher, vous aussi, conseilla Coplan au frère de Monique. Et ne soyez pas trop inquiet : nous pouvons être plus optimistes à présent que nous ne l'étions tout à l'heure.

Les deux hommes se séparèrent devant le comptoir du concierge ; dès que Coplan eut regagné sa chambre, il appela celle de Gobert.

Ce dernier, réveillé en sursaut, décrocha à la seconde sonnerie.

— Ici Coplan. Puis-je monter chez vous ? Deux aspects du problème ont été élucidés, mais nous en avons un autre sur les bras, et je dois vous voir d'urgence.

— Ah ? Ah bon, fit Gobert, encore saisi. Très bien, venez tout de suite.

CHAPITRE VI

Cette même nuit, une heure auparavant, un Indien en robe crasseuse et turban mal ficelé était arrivé, sur une petite moto de marque japonaise, devant une belle demeure de style oriental dans la banlieue est de la ville.

A peine le bruit du moteur s'était-il éteint qu'un serviteur avait entrebâillé, puis ouvert la porte d'entrée. Sans mot dire, le domestique avait conduit l'arrivant dans une vaste pièce du rez-de-chaussée surélevé où un homme trapu, vêtu à l'européenne, s'était levé pour l'accueillir.

Ce personnnage, le maître du lieu, s'appelait Khawaja Watto. Il devait approcher de la cinquantaine. Jambes courtes, le torse très développé pour sa taille, sa silhouette évoquait un peu celle d'un gorille. Mais son faciès carré, barbu, révélait de l'intelligence, du caractère, une lubricité native et la cruauté d'un satrape. Avec ses yeux charbonneux, son nez légèrement busqué, sa bouche charnue, on l'aurait fort bien imaginé en sultan, coiffé d'un énorme turban citrouille et habillé d'une robe de brocart, un poignard serti de pierreries passé dans une large ceinture de soie.

Il apostropha le visiteur sur un ton acerbe, en malayalam, une des trois langues parlées dans l'Etat de Kerala :

— Alors, l'as-tu ? Pourquoi as-tu tardé si longtemps ?

— Je n'ai pas pu le prendre, Sahib, expliqua l'autre d'une voix gutturale empreinte d'humilité. Des Blancs étaient dans la maison et ils...

— Quoi ? explosa Watto. Tu as osé revenir les mains vides ?

S'il avait eu un fouet à portée de la main, nul doute qu'il n'en eût zébré la face de son interlocuteur, pourtant beaucoup plus grand et plus vigoureux que lui.

— J'ai tâché de le détruire, se défendit son subalterne. Ces Blancs étaient en train de regarder les images.

La fureur de Watto monta encore d'un cran, mais il réussit à se contenir.

— Ils *regardaient ?* insista-t-il en roulant des yeux fulgurants. Prends garde, Iskander ! Dis-moi toute la vérité.

— Je ne demande pas mieux, Sahib. Quand je suis arrivé au bungalow, j'ai vu qu'il y avait de la lumière à l'intérieur. J'ai jeté un coup d'œil au ras de la fenêtre. Assis dans des fauteuils, des hommes observaient l'écran de la télé. Cela venait de commencer, car la fille était seule, elle montrait ses nichons. Tout d'abord, je n'ai su que faire. Etait-ce des policiers ? Etaient-ils armés ? Je n'aurais sûrement pas pu les tuer tous les trois. D'ailleurs, l'auriez-vous approuvé ?

— Continue.

— Pour que les Blancs n'en sachent pas davantage, j'ai tiré une balle dans le tube du poste. Immédiatement, un incendie s'est déclaré, de la fumée a envahi toute la pièce. J'espère que la cassette aura brûlé.

— Tu n'en es pas sûr ?

— Non, car un des hommes s'est élancé hors du bungalow et a voulu me poursuivre. J'ai tiré dans sa direction pour l'obliger à se planquer, puis j'ai sauté sur ma moto pour venir vous prévenir.

Bien que la nouvelle fût désastreuse, Watto parvint à dominer sa rogne. Il avait lui-même commis deux graves erreurs en tardant à récupérer le magnétoscope. A tout prendre, Iskander avait agi pour le mieux dans ces circonstances inattendues.

— Tu aurais dû rester dans les environs, reprocha cependant Watto. Maintenant, nous ne savons rien. L'enregistrement est-il détruit ou pas ? S'il existe encore, où est-il ? Va-t-il ou non tomber dans les mains de la police ? N'as-tu pas reconnu un des Blancs qui se trouvaient là ?

— Si, l'ingénieur Riquois. Les deux autres, je ne les ai jamais vus.

Watto, le masque renfrogné, mit ses mains dans le dos et fit quelques pas de long en large, méditatif. Véritablement, une belle tuile lui tombait dessus. La seconde.

Iskander attendait, pas trop rassuré. Cet échec pouvait lui valoir un grave châtiment.

— Va te coucher, ordonna sèchement son chef. Nous reparlerons de tout ça demain. Je ne veux pas prendre une décision hâtive. Mais garde cela pour toi et n'en dis pas un mot à tes camarades, sinon je te fais couper la langue.

— Bien, Sahib, fit Iskander en portant la main droite à sa poitrine.

Il s'inclina légèrement, fit demi-tour et sortit de la pièce.

Watto, demeuré seul, tourmenté, enfreignit une fois de plus les préceptes de sa religion : il alla prendre, dans une armoire à double battant montée sur quatre colonnettes, un verre et une carafe de whisky, les posa sur un plateau de cuivre ciselé monté sur trépied, se versa une rasade d'alcool et alluma une cigarette.

La situation lui échappait complètement, il était dans un fichu pétrin.

D'abord, le meurtre de Berquin, au moment précis où la partie allait être gagnée. Pourquoi l'avait-on tué, ce damné mécréant ? Pour des raisons privées ou parce qu'il s'apprêtait à livrer les photos ?

La première hypothèse pouvait être écartée, en raison de sa coïncidence trop flagrante avec la capitulation du Français. Mais alors, comment son assassin avait-il pu déceler que Berquin se disposait à fournir à quelqu'un, clandestinement, une documentation technique sur le Viking ?

Et puis, le reste...

La fille. Jusque-là, Watto l'avait bernée en prétendant que son mari s'obstinait à ne pas céder. Il ne lui avait pas dévoilé que ce dernier était mort, et pour cause !

Elle avait donc enduré d'autres avanies — enregistrées sur une deuxième cassette — sans compter celles qui lui avaient été imposées hors du champ de la caméra. Mais on ne pouvait indéfiniment, fût-ce à intervalles, la tenir sous l'effet de la drogue. Ni compter sur sa docilité plus ou moins spontanée si sa captivité se prolongeait. Elle ne tarderait plus à perdre courage.

Il faudrait donc, ou bien remettre l'Européenne en liberté, avec les risques que cela comportait, ou bien se débarrasser d'elle d'une façon plus radicale, ce qui n'était pas sans danger non plus car la police continuerait à la rechercher avec acharnement.

Watto n'était pas de ceux qui s'avouent battus à la première alerte. La mésaventure d'Iskander n'allait pas l'acculer à une expectative prolongée.

Provisoirement, Monique Berquin constituait encore un atout. Il devait être possible de l'exploiter.

Mais voilà qu'à présent surgissait un problème supplémentaire : mieux valait envisager le pire, à savoir que le chantage audio-visuel exercé sur Berquin avait été analysé dans sa totalité par des tiers, et qu'il pouvait être transmis à la police à bref délai.

Dans cette éventualité, la première précaution à

prendre, si regrettable fût-elle, consistait à retirer Mohammed du circuit, de toute urgence.

Tout était à refaire, et dans des conditions beaucoup plus périlleuses. Le seul bon côté de l'opération avait été la capture de cette jolie salope. A cet égard, Watto devait s'avouer qu'il en avait tiré des satisfactions raffinées.

Pour éviter que, dans les périodes d'abattement qui succédaient à ses phases de surexcitation morbide ou de consentement fataliste, Monique Berquin ne tentât de se suicider, Watto l'avait fait entraver sur sa couche. Ainsi, qu'elle le veuille ou non, elle était bien forcée de se soumettre.

Elle n'avait jamais vu son visage, non plus que celui de Mohammed ou d'Iskander, et pourtant elle lui manifestait plus d'hostilité qu'aux trois Moplahs.

Mais de cela, Watto s'en fichait. Il l'avait eue le premier, même avant Elahi, alors qu'elle tremblait tellement de désir qu'elle se serait donnée à un orang-outang. Et il l'avait encore prise par la suite, quand elle était épuisée après une séance d'enregistrement. A chaque fois, il en avait ressenti un plaisir pervers, grandiose.

Les nerfs tendus, il vida son verre de whisky. Sa montre marquait deux heures du matin.

Par tous les démons, il irait se dédommager de ses ennuis auprès de la prisonnière aussitôt qu'il aurait alerté Mohammed.

***

Dans la matinée du lendemain, vers neuf heures, Gobert et Coplan prirent place dans une *Ambassador* de louage, avec chauffeur, qui mit le cap sur le *Vikram Sarabhai Space Center.*

Celui-ci étant éloigné d'une quinzaine de kilomètres dans la direction de la côte, les deux hommes eurent le temps de revenir sur leur conversation nocturne.

Gobert, encore sous le coup des informations qu'il avait reçues, n'avait pas fini d'en considérer tous les aspects.

— Je n'ai pas qualité pour vous dicter votre conduite, dit-il à Coplan, mais j'estime que nous sommes moralement tenus d'aviser la *Kerala State Police.* Si ça tourne mal pour Monique Berquin, on pourrait à juste titre nous faire grief d'avoir dissimulé des éléments capitaux, et peut-être décisifs.

— Je suis bien de votre avis, opina l'agent du S.D.E.C. J'ai voulu ménager la sensibilité d'Emile Vallon, mais cela ne peut aller jusqu'à compromettre les chances de retrouver sa sœur et de coffrer ces canailles. Toutefois, avant de contacter les services compétents, j'aimerais que vous m'édifiiez davantage sur notre participation aux activités spatiales de l'Inde, et à qui elle peut porter ombrage.

La voiture, sortant de la partie la plus dense de l'agglomération, allait aborder une région littorale où des rizières et des cocoteraies cernaient des villages très étirés. Dans un ciel d'un bleu étincelant, le soleil répandait une lumière et une chaleur déjà redoutables.

— Hum, fit Gobert avec quelque retard. Vous suspecteriez un coup fourré visant plus à nous nuire qu'à dérober les secrets du Viking ?

— Pourquoi pas ? Faire passer Berquin pour un espion à la solde de Dieu sait qui, puis le supprimer pour qu'il ne puisse parler, serait une manœuvre assez habile, non ?

Son compagnon secoua la tête.

— Il en faudrait plus pour déloger d'ici ! D'abord, l'Inde pratique, dans ce domaine-là comme dans les autres, une politique résolument neutraliste. Elle coopère avec l'U.R.S.S. pour la construction et le lancement de satellites scientifiques ; avec les Américains, pour la diffusion de programmes éducatifs, à destination de 5 000 villages, par un satellite ATS-6, et avec la S.F.N.P. pour s'initier à la fabrication de moteurs de fusée à carburants liquides ; son objectif est de se doter, à plus ou moins longue échéance, d'un lanceur lourd de conception originale, afin de lutter par ses propres moyens contre l'analphabétisme et le manque d'enseignants. La réalisation de son programme INSAT devrait permettre d'instruire les enfants de 500 000 villages (1).

— D'accord. Mais sur un plan strictement commercial, l'implantation de votre firme doit barrer la route à d'autres intérêts, j'imagine ?

— Je n'en suis pas sûr, figurez-vous. Et pour

(1) Authentique.

une raison bien simple : ***nous n'allons pas retirer des profits pécuniaires de cette coopération.*** En fait, il s'agit d'un troc, d'un échange de bons procédés, non d'un contrat de vente de matériel.

— Ah oui ? fit Coplan, étonné. Comment cela fonctionne-t-il ?

— Eh bien, nous apportons notre technologie, notre savoir-faire, de l'équipement et des matériaux. En contrepartie, l'Inde nous livre des pièces de haute précision façonnées dans ses usines, telles que des capteurs de pression, par exemple, et met à notre disposition, en France, des ingénieurs indiens de haut niveau qui, tout en venant travailler gratuitement dans nos installations, nous font part de leurs conceptions souvent très intéressantes. Vous voyez, il s'agit là d'un accord vraiment exemplaire, un marché très équitable comme les nations les plus favorisées devraient en conclure avec d'autres pays du Tiers Monde.

— Donc, en résumé, vous pensez que ma théorie ne tient pas debout ?

— Disons que sa probabilité me semble réduite. Je pencherais plutôt pour une véritable tentative d'espionnage. Mais au bénéfice de qui, voilà le problème.

— Bon. Parlons un peu du Kerala. Quelle est l'atmosphère, ici ?

— Très satisfaisante, bien que cet Etat soit l'un des plus surpeuplés de l'Inde. Depuis le retour au pouvoir de « Madame » — c'est ainsi qu'on désigne Indira Gandhi — les communistes se tiennent tranquilles. La population compte une douzaine de millions d'Hindous, trois ou quatre millions de musulmans et un peu moins de chrétiens. Au plan éducatif, elle est plus développée que celle des Etats voisins. L'agriculture et l'industrie sont florissantes et, au point de vue de la nature, le Kerala est un petit paradis.

Il suffisait de promener les yeux sur le paysage pour s'en rendre compte. Gobert montra au loin, au travers du pare-brise, une colline peu élevée sur laquelle s'érigeaient des bâtiments allongés, modernes.

— Vous voyez là-bas une partie des édifices du Centre spatial, qui est important. Il existe aussi une base de lancement à Thumba, plus au sud.

Coplan avoua :

— Je ne me doutais pas que l'Inde déployait de tels efforts en matière spatiale.

— Vous n'êtes pas le seul, dit Gobert avec un sourire en coin. En Europe, peu de gens le savent. Ils se représentent toujours l'Inde comme un pays mystique, affamé, arriéré, mais il atteint presque le seuil du décollage économique. Je forme des cadres d'excellente qualité, pour l'industrie atomique, le pétrole, l'armement, la chimie, l'informatique et l'espace. J'ajouterai que le siège de l'I.S.R.O. se trouve à Bangalore, et que le « Kourou » indien occupe l'île de Sriharikota, au nord de Madras, sur la côte Est de la péninsule. Ceci sans parler d'autres équipements spatiaux de toutes espèces répartis en divers points du territoire de l'Union.

Coplan fit une mimique approbative puis, se tournant vers son compatriote, il demanda :

— Pourriez-vous me procurer des copies des photos prises par Berquin ? Je persiste à croire qu'on peut en tirer quelques déductions utiles.

— Je vous passerai le jeu d'épreuves qui m'avait été communiqué par la police. Elles sont d'ailleurs enfermées dans un coffre-fort, au Centre. Et si vous le désirez, je mettrai à votre disposition un ingénieur qui vous expliquera ce que ces clichés signifient car, pour un profane, ces enchevêtrements de tubulures sont assez mystérieux.

Lorsque l'*Ambassador* fut arrivé à un croisement de routes, Gobert donna des renseignements au chauffeur afin qu'il les conduise au bâtiment abritant le bureau d'étude auquel Jérôme Berquin avait été attaché.

Quelques minutes plus tard, la voiture stoppa devant un immeuble imposant, aux vitres teintées, construit sur un plateau d'où l'on apercevait un ruban de plages et la mer.

— Je vais vous présenter au directeur du Centre, prévint Gobert à mi-voix lorsqu'ils eurent mis pied à terre. Quelles fonctions faut-il vous attribuer ?

— Dites que je suis délégué par le Ministère de l'Industrie et de la Recherche, où l'on est très préoccupé par l'affaire Berquin.

Ayant franchi les contrôles, puis attendu dans le hall d'accueil, les deux Français furent finalement acheminés vers la Direction.

Ils furent bientôt accueillis, très cordialement, par Rabindra Chavrati, un Hindou d'une quarantaine d'années d'une grande distinction. Bel homme, d'une taille un peu supérieure à la moyenne, il s'exprimait en anglais avec la plus grande aisance.

Les présentations ayant été faites, le visage foncé de Chavrati devint soucieux lorsqu'il déclara :

— Oui, cette affaire est doublement ennuyeuse, en effet. D'abord, parce que j'avais de l'estime pour Berquin, et que sa mort inopinée nous a tous péniblement surpris ; ensuite parce que nous ne comprenons pas pourquoi il avait photographié clandestinement un moteur qu'il connaissait fort bien, et dont toute la documentation était à sa portée.

Gobert avança :

— Nous n'entrevoyons qu'une explication plausible : c'est qu'il y a été contraint d'une façon ou d'une autre, par un agent étranger. Me permettez-vous de piloter M. Coplan dans les locaux où Berquin avait accès ?

— Bien volontiers. Ce détournement d'informations vous aurait été aussi préjudiciable qu'à nous, sinon plus, s'il avait réussi.

— Puis-je vous poser une question ? demanda Coplan.

— Je vous en prie.

— Vous venez de faire une remarque très pertinente : Berquin avait à sa disposition les renseignements les plus secrets sur le moteur

Viking. En quoi de simples photos pouvaient-elles intéresser un espion ?

Chavrati hocha la tête.

— Vous mettez le doigt sur le vrai problème, murmura-t-il. Même en disposant d'un maximum de données, un pays sous-équipé ne peut espérer *copier* un propulseur aussi complexe. En revanche, un pays déjà bien engagé dans l'industrie spatiale peut épargner d'énormes crédits et des milliers d'heures de recherche en découvrant comment certaines difficultés ont été résolues par les créateurs d'un moteur qui a fait ses preuves.

— En somme, qui suspecteriez-vous ?

Le visage de l'Hindou devint hermétique.

— Je ne veux, ni ne peux, accuser personne, M. Coplan. Cependant, songez que de tels renseignements sont forts recherchés, à notre époque, et qu'ils valent beaucoup d'argent. Vous n'ignorez pas qu'il existe des officines spécialisées en espionnage industriel. Disposées à vendre n'importe quoi à n'importe qui, elles travaillent parfois sur commande. Alors...

— Je vois, dit Coplan, admirant *in petto* la prudence de l'Oriental.

Puis, à Gobert :

— Eh bien, allons donc faire cette tournée.

Ils prirent congé de Chavrati, et tandis qu'ils déambulaient dans un couloir, Gobert proposa :

— Commençons par récupérer les clichés.

Ils longèrent une salle où des techniciens en blouse blanche, Indiens et Français, s'affairaient autour d'un ordinateur, puis une autre où des dessinateurs assis devant leurs planches inclinées réalisaient leurs épures ou leurs graphiques.

Enfin, les deux visiteurs atteignirent le bureau d'étude proprement dit, le sanctuaire du Centre, auquel étaient affectés des ingénieurs de plusieurs disciplines, et placé sous la responsabilité d'un Indien appelé Kitab Singh.

Dès l'entrée des deux Français, Riquois vint au-devant d'eux.

— J'ai un tuyau pour vous, leur glissa-t-il *mezzo voce* tout en leur serrant la main. Je vous raccompagnerai tout à l'heure.

Ils ne bronchèrent pas, allèrent saluer Kitab Singh et quelques-uns de ses collaborateurs. Gobert expliqua que le délégué du Ministère avait désiré voir les lieux, et qu'il souhaitait aussi jeter un coup d'œil sur les photos que Berquin avait indûment en sa possession.

Celles-ci avaient déjà fait l'objet de longs échanges de vue entre les spécialistes du bureau d'étude et, lorsque Kitab Singh les eut extraites du coffre pour les montrer à ses hôtes, il déclara :

— Je pense que nous avons maintenant une idée plus précise de ce que ces photos voulaient révéler.

C'était un petit homme maigre à la figure plissée, portant lunettes et coiffé d'un calot. Une gaieté interne pétillait constamment dans ses prunelles, comme chez beaucoup de scientifiques. Conscient d'avoir éveillé la curiosité de ses auditeurs, il retira les agrandissements de leur enveloppe et les étala en deux rangées sur une table préalablement dégarnie par ses aides.

— Regardez, dit-il aux deux Européens. Il fallait classer ces images dans le bon ordre pour découvrir ce qui intriguait les gens qui ont manœuvré Berquin.

Gobert et Coplan se penchèrent tandis que l'Hindou poursuivait :

— Première série : le système de régulation de pression dans la chambre de combustion du moteur ; celle du dessous, le système qui maintient constant le taux de mélange des gaz d'U.D.M.H. et de peroxyde d'azote. Deux des principales originalités du Viking. Outre les schémas de fonctionnement détaillés, il y a là des vues, sous divers angles, des circuits hydropneumatiques correspondants.

Coplan se mordilla la lèvre inférieure. Vraiment, il fallait le savoir ! De toute évidence, ceci ne pouvait être déchiffré et interprété que par des spécialistes hautement qualifiés. Il le dit.

Kitab Singh eut un rire sec.

— Même si ces clichés étaient tombés entre leurs mains, ils auraient eu bien du plaisir, ricana-t-il en ayant presque l'air de regretter que ces documents ne fussent pas parvenus à leur destinataire.

Gobert et Coplan échangèrent un coup d'œil perplexe, tous deux songeant à la voix enregistrée sur la cassette. L'inconnu devait être lui-même un ingénieur familiarisé avec ce genre de mécanique, sans quoi il n'aurait pu définir ce qu'il exigeait.

— Merci, M. Singh, dit Gobert en se redressant. Sur ce point-là, nous sommes fixés. En avez-vous fait part aux officiers du *Central Investigation Bureau ?*

— Oui, il y a moins d'une demi-heure. Le capitaine Gwalior était ici. Vous avez dû le croiser sur la route.

— Excusez-nous de vous avoir importuné. Je vais essayer de le joindre à Trivandrum.

Poignées de mains distribuées à la ronde, quelques saluts à l'indienne, mains jointes devant la poitrine, puis les deux Français quittèrent la salle, suivis par Riquois.

A peine eurent-ils emprunté le couloir que l'ingénieur, visiblement agité, leur chuchota :

— Plusieurs Moplahs sont employés dans le Centre. Parmi eux, il y en a un qui porte un tatouage en forme de roue dentée sur son poignet gauche. On l'appelle Mohammed. Mais il ne s'est pas présenté à son travail ce matin.

CHAPITRE VII

— Crénom, marmonna Gobert, le regard rivé sur Riquois. Voilà autre chose...

— Qui vous a dévoilé cela ? demanda Coplan, tendu.

— Le chef du personnel. Je me suis adressé directement à lui plutôt que d'interroger les contremaîtres de divers départements.

— Allons le voir illico, décida Coplan. Vous, Riquois, regagnez le bureau d'étude et continuez à garder le silence là-dessus.

— Okay. Pourrai-je venir vous voir à l'hôtel, ce soir ?

— Evidemment. Vers neuf heures.

Riquois fit demi-tour et Gobert, après avoir réfléchi deux secondes, signala :

— Cette division est dans l'autre aile, à l'étage inférieur. J'ai déjà eu l'occasion de m'entretenir avec le directeur.

Tandis qu'ils se remettaient en route, il ajouta :

— Ce coup-ci, nous pourrions bien tenir le début du fil. Que plusieurs individus portent le même tatouage n'aurait rien de surprenant, mais que ce Mohammed soit absent ce matin, précisément, en fait un suspect de premier choix.

— D'accord, mais ne nous emballons pas. Rien ne dit que nous parviendrons à lui mettre le grappin dessus.

— Qui sait si ce n'est pas l'homme qui a flanqué le feu chez Berquin la nuit dernière ? supputa Gobert tout en accélérant le pas.

Francis Coplan ne répondit pas. Pour lui, ce rapprochement était prématuré. Il suffisait que ce Moplah eût pu être l'indicateur qui avait signalé Berquin comme victime possible de cette tentative d'espionnage.

Arrivé devant une porte, Gobert frappa, ouvrit le battant dès qu'il eut entendu qu'on l'y invitait.

— *Good morning, M. Kamani,* dit-il avec une feinte jovialité. Voici M. Coplan, du Ministère de l'Industrie et de la Recherche, auquel je fais les honneurs de la maison. Nous avons déjà vu M. Chavrati et M. Singh. M. Coplan partage nos soucis au sujet de Berquin, vous vous en doutez.

Le chef du personnel était un homme bien découplé, au teint plus clair que celui des autochtones du Kerala. Traits réguliers, nez mince, air sérieux et triste de ceux dont la lignée a connu une longue série de malheurs.

Il congratula gravement les deux visiteurs, les pria de s'asseoir. Par la baie vitrée, on apercevait à flanc de colline les autres bâtiments, ateliers et laboratoires du Centre.

Gobert reprit :

— Je vous demanderai de considérer cet entretien comme confidentiel. Pourriez-vous nous donner quelques renseignements au sujet d'un Moplah nommé Mohammed ?

Les sourcils de Kamani se haussèrent.

— M. Riquois est justement venu me parler de lui ce matin. Pourquoi vous intéressez-vous à cet ouvrier, si je ne suis pas trop indiscret ?

— Nous avons de solides raisons de croire qu'il est impliqué dans l'affaire en cause. Son absence, aujourd'hui, le rend définitivement suspect. Mon intention est de le signaler au capitaine Gwalior quand vous m'aurez fourni quelques précisions.

L'Hindou acquiesça, médita un instant, allongea le bras pour rapprocher de lui un dossier se trouvant sur son bureau.

— J'avais consulté sa fiche quand j'ai été avisé qu'il n'avait pas pointé ce matin. Que désirez-vous savoir, au juste ?

— Tout. Son identité, son domicile, la date de son engagement au Centre, le genre de travail qu'il effectue ici, etc.

— Dans ce cas, je ferais peut-être mieux de vous délivrer une photocopie de sa fiche.

Il se leva, se dirigea vers une porte communiquant avec le bureau voisin où crépitaient des machines à écrire, prononça quelques mots en Tamouls à destination d'une secrétaire, lui tendit la fiche.

Il revint ensuite s'asseoir à son bureau et considéra ses interlocuteurs.

— Cet homme est de basse condition, soulignat-il. Il me paraît inconcevable qu'il ait pu jouer un rôle dans une opération de cet ordre.

— En principe, les protagonistes d'une telle opération sont toujours des personnages au-dessus de tout soupçon, émit Gobert. Dans le cas présent, nous détenons une preuve de la complicité de ce Moplah. Incidemment, savez-vous quel moyen de transport il utilise pour venir au Centre ?

— Non, mais ce point peut être éclairci facilement.

Kamani appuya sur la touche d'un interphone, eut une brève conversation avec un de ses subordonnés, approuva de la tête et relâcha la touche.

— Il emprunte un des cars de ramassage partant de la gare de Trivandrum, révéla-t-il ensuite à ses interlocuteurs.

La porte se rouvrit, une jeune et belle Indienne en sari, aux épaules brunes magnifiquement rondes, vint déposer deux feuillets sur le bureau de Kamani et s'esquiva sans avoir regardé les Européens.

Le chef du personnel tendit une photocopie à Coplan, puis une à Gobert.

— Voilà tout ce que je possède... Mais vous verrez : le *curriculum vitae* est complet. Nous n'engageons que des personnes sans casier judiciaire, cela va de soi.

Les Français parcoururent le feuillet qui leur avait été remis.

« Mohammed Choudhury, né à Cochin le 26.4.1954. Domicilié 15 Sirdar Street dans le bazar de la mosquée el-Mouayed. Etudes : école primaire, diplômé de Mécanique générale du collège professionnel Haïdar Ali. Engagé le 18.9.1979 en qualité d'ouvrier qualifié. Marié, trois enfants. Salaire mensuel : 1 250 roupies (1). »

Ainsi, ledit Mohammed n'était pas tout à fait ignare, loin de là.

— Quelle tête a-t-il ? s'enquit Coplan.

— Il est glabre, a une bouche aux lèvres épaisses, de gros sourcils qui se rejoignent au-dessus d'un nez un peu recourbé, la mâchoire d'un dogue. Pourtant, son visage fruste a une expression plutôt aimable, et sa voix est douce.

— En quoi consiste sa besogne, au juste ?

— Il est attaché à l'atelier de tournage et fraisage.

— Cela le met-il en contact avec des ingénieurs du bureau d'étude ?

— Oui, occasionnellement. Il arrive que certains d'entre eux veuillent contrôler la qualité de l'usinage d'une pièce ou ses difficultés de réalisation.

Gobert décerna un coup d'œil entendu à Coplan, puis il dit à Kamani :

— Puis-je me servir de votre téléphone pour appeler le capitaine Gwalior ?

— Je vous en prie.

Gobert forma le numéro de la Direction de la Police du Kerala, demanda d'être mis en commu-

(1) Environ 500 francs français.

nication avec l'officier du Bureau fédéral. Il l'obtint assez vite et prononça :

— Bonjour, capitaine. Ici Gobert, de la S.F.M.P., au V.S.S.C. Il est regrettable que nous nous soyons croisés, ce matin, car je voulais vous faire part d'informations récentes qui me sont parvenues cette nuit. Pourrais-je vous voir en fin de matinée ?

— ...

— Oui, c'est très important, et urgent.

— ...

— D'accord, je serai à votre bureau vers onze heures et demie. Mais il serait souhaitable que vous lanciez un mandat d'amener contre un nommé Mohammed Choudhury, séance tenante. Voici les coordonnées de cet individu...

Lorsqu'il eut donné adresse et signalement, il ajouta :

— Il y a peu de chances que l'homme soit à son domicile, je vous préviens. Pourtant, il faudrait lui mettre la main dessus dans les plus brefs délais : *il sait où est détenue Monique Berquin.*

L'officier indien dut sursauter et réclamer des explications car Gobert lui répondit :

— Je vous donnerai tous les détails tout à l'heure. L'essentiel, pour l'instant, est d'attraper ce Moplah. Ne perdez pas une minute, capitaine. A bientôt.

***

Ce fut lors du retour à Trivandrum que Coplan put, pour la première fois, se faire une idée de la ville. « Sainte Cité du Serpent Ananta » et ancienne capitale du royaume de Travancore, elle s'étale sur sept collines, est dotée de parcs et de larges avenues en pente douce sillonnées par une foule paisible, nonchalante, pour laquelle le temps ne semble pas compter.

Plus de cinq cent mille habitants s'y côtoient, hommes et femmes de belle prestance pour la plupart, visiblement mieux nourris que leurs compatriotes des régions du nord. Une citadelle et un grand temple dominent l'agglomération, à quelques centaines de mètres d'un centre commercial moderne voisin de la cathédrale et de l'université. Beaucoup d'arbres, de gazon et de fleurs. Maisons typiquement hindoues et immeubles de style colonial ne présentent pas de contrastes offensants pour l'œil, même si l'administration britannique a parfois construit des édifices hybrides d'une architecture lourdement inspirée par la tradition indienne.

L'*Ambassador* stoppa devant un tel bâtiment. Ses deux passagers en débarquèrent, furent interceptés par le policier de garde à l'entrée. Après palabres et coups de téléphone, ils furent conduits à l'étage dans le local qu'occupait le capitaine Gwalior.

Ce dernier, en chemise kaki à épaulettes, short et bas montant sous le genou, ne devait pas avoir plus de 35 ans.

Le teint sombre et mat des Dravidiens, épais

sourcils et moustache noire, il avait des traits nobles, une bouche et un nez finement sculptés, des dents solides, régulières. Lorsqu'il se leva pour accueillir ses visiteurs, on put voir que sa taille dépassait nettement la moyenne.

Pour lui, Gobert joua franc jeu :

— Je vous présente M. Francis Coplan, des Services Spéciaux français, qui est venu vous offrir son concours pour élucider l'affaire Berquin.

— Ah, je vois, fit Gwalior, compréhensif. Soyez le bienvenu, monsieur Coplan. Nos intérêts sont liés dans cette pénible histoire. Croyez bien qu'aucun effort ne sera épargné pour la tirer au clair. (Puis, à Gobert.) Que s'est-il passé ? Comment vos soupçons ont-il été dirigés sur ce musulman ?

— Je crois qu'il est préférable de laisser à M. Coplan le soin de vous l'expliquer. Il se trouve que, la nuit dernière, un incident est survenu au domicile de Berquin, alors que mon compatriote s'y était rendu avec le beau-frère de l'ingénieur pour s'y livrer à quelques investigations.

Coplan se mit en devoir d'exposer pourquoi il avait voulu procéder à une visite des lieux. Ensuite, il dévoila tout le reste : la surprenante découverte de la vidéocassette, l'attentat manqué, les autres révélations de la bande magnétique.

Le capitaine, si grandes fussent sa sérénité et sa maîtrise de soi, ne put dissimuler son effarement. La bouche pincée, le regard aiguisé, il écouta jusqu'au bout, sans l'interrompre, le récit de son homologue français.

— Le magnétoscope et la cassette sont à votre disposition à mon hôtel, conclut ce dernier. La participation et la culpabilité de Mohammed Choudhury, dans l'enlèvement de Monique Berquin, peuvent donc être prouvés. Voilà pourquoi nous avons demandé votre intervention immédiate.

De l'ongle du pouce, l'officier du C.B.I. se gratta pensivement la moustache. Tout ceci l'obligeait à réviser ses conceptions antérieures. Evidemment, ses collègues de la police locale n'avaient pas été intrigués par cet appareil, croyant qu'il faisait partie de l'équipement du poste de télévision. Ils avaient surtout, et en vain, cherché des papiers accusateurs ou d'autres bobines de pellicule.

Gwalior, relevant les yeux sur ses hôtes, se munit d'un stylobille qu'il manipula distraitement.

— Les ordres ont été donnés, spécifia-t-il. La surveillance de l'aéroport et des axes routiers se met en place en ce moment, mais je crains que ce ne soit déjà trop tard. Il va falloir étendre les recherches à tout le territoire de l'Union.

Coplan souligna :

— Le lieu de détention de Monique Berquin doit se trouver à Trivandrum ou dans les environs immédiats, puisque Mohammed a travaillé au Centre jusqu'à hier, et qu'il se joignait pourtant à ses complices pour les enregistrements.

— Je dois visionner cette cassette, décida le capitaine, persuadé qu'il pourrait en retirer des indices supplémentaires, indécelables pour des Occidentaux. De plus, elle constitue une pièce à conviction que j'ai le devoir de saisir.

— Evidemment, s'inclina Gobert. Puis-je vous proposer de déjeuner avec nous à l'hôtel *Belair ?* Ainsi, nous ferons d'une pierre deux coups.

— Volontiers, acquiesça Gwalior. Allons-y.

***

En début de soirée, Bruno Riquois fit quelques courses dans la ville, puis il alla dîner au restaurant d'un des hôtels de la plage de Kovalam, question de se détendre les nerfs.

Il avait été sous pression toute la journée, continuellement absorbé par de multiples questions. Tantôt c'étaient les images qu'il avait contemplées la nuit précédente qui ravivaient en lui des désirs qu'il aurait voulu bannir de sa pensée, tantôt la mort mystérieuse de Jérôme le tracassait. De plus en plus inquiet quant au sort de Monique, il lui tardait aussi de savoir ce qui avait été entrepris pour retrouver Mohammed.

Au Centre, il n'avait jamais dû avoir de rapports directs avec ce type. Il est vrai que le personnel des ateliers était nombreux, et que Riquois ne s'y rendait qu'à titre exceptionnel. Beaucoup moins souvent que Jérôme, en fait.

Vers sept heures et demie, au volant de sa voiture, il prit le chemin de son domicile afin de se rafraîchir et changer de vêtements avant d'aller au *Belair*. Le soleil se couchait et la température devenait plus tolérable, enfin.

Avec soulagement, Riquois pénétra dans l'ombre fraîche de son bungalow, et sa première idée fut de mettre en route le conditionnement d'air. Ayant déposé ses paquets et ses sacs dans le hall, il alla dans la salle de séjour pour tourner le bouton du thermostat.

Ce fut à ce moment-là qu'un frisson lui parcourut l'échine, sans raison apparente. Soudain, il avait eu l'intuition qu'il n'était pas seul dans la maison.

Pourtant, tout paraissait en ordre. Son oreille attentive ne captait pas le moindre petit bruit insolite, fenêtres et volets étaient fermés comme à l'accoutumée.

Immobile dans le living, l'ingénieur essaya de reprendre possession de lui-même. Toutes ces émotions l'avaient perturbé, sans aucun doute, et ses craintes étaient puériles. Il se résolut à régler le thermostat sur 20 degrés, s'en fut chercher ses colis pour les poser sur la table de la cuisine. Il avait notamment rapporté, avec des victuailles, une dizaine de boîtes de bière. Il en plaça deux dans le réfrigérateur, laissa les autres dans un filet qu'il irait déposer au sous-sol, avec les ananas et une noix de coco.

Il se servit une bière, alluma une cigarette, toujours tarabusté par une de ces appréhensions qu'engendrent parfois le silence et la solitude. Question de rompre un calme qu'il jugeait trop absolu, il alluma le transistor portatif posé sur la tablette de l'évier.

Une musique indienne, douce et lancinante, évocatrice de danses sacrées, résonna dans la pièce, allégeant un peu l'atmosphère.

Ayant lampé son verre à larges traits, Riquois se dit qu'il ferait aussi bien d'aller ranger ses achats avant de passer dans la salle de bains. Il posa sa cigarette sur le rebord d'un cendrier, ramassa deux de ses sacs en plastique et s'en fut vers la porte menant à la cave. Au prix d'une contorsion, il parvint à ouvrir le battant, aperçut avec un énorme saisissement deux silhouettes tapies sur les marches de l'escalier en ciment.

Les deux individus fondirent sur lui avant qu'il fût revenu de sa surprise, l'empoignèrent et le paralysèrent en dépit du semblant de résistance qu'il leur opposa. La pointe d'un poignard se posa sous sa pomme d'Adam tandis qu'une voix prononçait :

— Tenez-vous tranquille, et ne tentez surtout pas de crier.

La cœur battant à tout rompre, il fut poussé dans l'escalier par l'un de ses agresseurs, l'autre descendant à reculons en maintenant son arme appuyée sur la chair de l'Européen.

Vêtus de guenilles comme des mendiants, ils s'étaient masqué le bas du visage avec un carré d'étoffe noire, portaient une calotte de toile enfoncée jusqu'au ras des sourcils. Un peu de la lumière extérieure filtrait par un soupirail.

D'une vigueur peu commune, l'homme qui

avait replié dans le dos le bras droit de Riquois poussa ce dernier vers le fond du local.

Son acolyte reprit la parole, en un anglais correct, sur un ton vindicatif :

— Qui étaient les Blancs qui ont vu, avec vous, l'enregistrement vidéo destiné à votre ami Berquin ?

L'ingénieur était encore tellement estomaqué qu'il fut incapable d'émettre un son.

L'inconnu gronda :

— Prenez garde, Sahib. N'essayez pas d'être héroïque. Si vous refusez de coopérer, la fille sera égorgée, vous m'entendez ? Vous seul pouvez lui sauver la vie, et il ne vous reste pas beaucoup de temps.

Riquois, la face tiraillée par la torsion que subissait son bras, réussit à articuler :

— Heu... Que dois-je faire ?

— D'abord, me répondre. Qui étaient ces Européens ?

— Le... le frère de Mrs Berquin, et l'autre, un policier venu de Paris.

— Leurs noms ?

L'ingénieur, commençant à récupérer son sang-froid, se demanda jusqu'où pouvaient aller ses aveux. Aux prises avec un terrible dilemme, il essaya d'en mesurer les conséquences, soit pour Monique, soit pour ses compatriotes.

L'Indien campé derrière lui le secoua brutalement, au point de lui arracher un cri.

— Décidez-vous, intima l'autre, les yeux luisants de férocité. Si vous vous taisez, vous crèverez avant la fille, tout de suite.

Haletant, Riquois prononça :

— Emile... Emile Vallon et... et Francis Coplan.

— Où logent-ils ?

— A l'Hôtel *Mascot*.

— Avez-vous vu le message jusqu'au bout ?

— Oui.

Visiblement atterrés par cette réponse, les deux gredins se mirent à dialoguer dans un idiome inintelligible.

— Donc, poursuivit l'un d'eux en anglais, la cassette n'a pas brûlé ?

— Non.

— A-t-elle été remise à la police ?

— Je ne le sais pas. Il est probable que oui.

Autre conciliabule, puis :

— Où vos amis l'avaient-ils emportée ?

— A leur hôtel.

Après une pause, durant laquelle l'homme fit glisser le plat de la lame sur sa paume, il en poussa de nouveau la pointe sur la gorge du prisonnier.

— Ecoutez : est-ce le service de Sécurité du Centre spatial qui a abattu Jérôme Berquin, plutôt que de l'arrêter et de provoquer un scandale ?

Riquois en eut le souffle coupé, cette éventualité ne lui ayant jamais effleuré l'esprit.

— Vous êtes fou ! s'écria-t-il. Ce service ne recourt pas à de pareilles méthodes. Si Berquin avait été soupçonné d'être un espion, on l'aurait pris en flagrant délit et déféré à la Justice. C'est sa mort qui a permis de découvrir qu'il se procurait, pour des tiers, des renseignements classifiés. Auparavant, personne ne s'en doutait.

L'inconnu, sceptique, hocha la tête.

— Du moins, vous le croyez, rétorqua-t-il. Mais il est possible que vous n'en sachiez rien, évidemment. Maintenant, retenez ceci : la police a dû développer le film de Berquin, en tirer des copies qui ont été communiquées aux dirigeants du Centre. Peut-être vous les a-t-on même montrées ? Arrangez-vous comme vous pouvez pour en obtenir des épreuves. Je vous accorde 48 heures.

— Mais... mais j'en serais incapable, bégaya Riquois. Elles sont enfermées dans un coffre-fort, et...

— Débrouillez-vous, coupa brutalement le ruffian d'une voix lourde de menace. Si vous osez répéter un seul mot de cette conversation à quiconque, et si vous n'obéissez pas strictement à mes ordres, la fille aura la gorge tranchée, ne l'oubliez pas.

La première chose que réalisa Riquois, c'était que ses agresseurs allaient lui restituer sa liberté s'il acceptait leurs exigences. Leur opposer un refus catégorique ne résoudrait rien.

— Je vais essayer, promit-il, les lèvres sèches. Je ne peux rien garantir car les surveillances ont été renforcées, mais je tâcherai de réussir.

— Vous y avez intérêt, grinça son interlocuteur en rengainant enfin son poignard. Ne cherchez surtout pas à nous rouler : votre peau ne tient qu'à un fil. Vous aurez de mes nouvelles après-demain dans la soirée, je ne vous dis pas comment. Vous recevrez alors des instructions au sujet de l'endroit et de l'heure auxquels vous devrez déposer ces photos. Compris ?

Accablé, Riquois fit signe que oui, mais l'homme qui l'immobilisait ne lâcha pas encore prise et son acolyte reprit :

— Après notre départ, vous allez rester dans cette cave pendant dix minutes. Et méfiez-vous, vous serez désormais tenu à l'œil.

— Je vais être obligé de ressortir, plaida l'ingénieur. J'ai un rendez-vous avec Emile Vallon, pour dîner avec lui. Ça paraîtrait bizarre si je n'y allais pas.

— Très bien. Faites comme si de rien n'était et gardez bouche cousue sur cet entretien. Salut.

Une bourrade envoya dinguer Riquois contre le mur. Les deux individus escaladèrent rapidement les marches menant au rez-de-chaussée, sortirent du bungalow comme des ombres. A peine un très faible claquement de porte marqua leur départ.

Encore bouleversé, Riquois se massa le poignet, désemparé, ne sachant à quel saint se vouer. Jamais il n'aurait cru qu'une aventure pareille pouvait lui arriver.

A son corps défendant, il se trouvait confronté à un terrible cas de conscience. D'une part, en cédant à cet épouvantable chantage, il sauvait peut-être Monique mais il se rendait coupable d'une trahison. D'autre part, s'il optait pour la guerre ouverte avec ces bandits, une effrayante responsabilité pèserait sur ses épaules. Et cela risquait de lui coûter la vie, en plus.

Malade d'incertitude, il consulta sa montre.

CHAPITRE VIII

A l'Hôtel *Belair,* le dîner de Gobert et de Coplan se prolongeait. Outre le vieux couple d'Anglais, il y avait deux Indiens avec leurs épouses, suprêmement élégantes, leurs longs cheveux dénoués tombant sur le corsage de leur sari, et les inévitables hommes d'affaires japonais en bras de chemise réunis à une table du fond de la salle.

— Aimez-vous la cuisine indienne ? s'informa Gobert tout en dégustant son *Chicken Kofta curry,* des boulettes de volaille baignant dans une sauce très élaborée, accompagnées de riz auquel étaient mélangés des carottes émincées, des pointes de piment et des cubes d'ananas.

Coplan eut un demi-sourire.

— L'endroit où cette cuisine me plaît le plus, c'est au restaurant *Vishnou,* à Paris, confessa-t-il. Pas loin de l'Opéra. A dire vrai, c'est là que j'en ai découvert tous les raffinements. Lors de mes précédents séjours en Inde, j'en étais réduit à la bouffe occidentale des grands hôtels.

— Tiens ? s'étonna Gobert. Je ne connais pas cet établissement. Il faudra que je l'essaie.

Puis, revenant à leurs soucis communs, il murmura :

— Après ce qu'il a vu cet après-midi, je suis persuadé que Gwalior va mettre le paquet pour débusquer ces métis et leur chef. Mais il est resté curieusement silencieux quant aux indications que ces scènes scabreuses ont pu lui fournir.

— Il n'en a pas récolté plus de détails utiles que nous, estima Coplan. La seule piste sérieuse, c'est Mohammed. Or il est à craindre que ce dernier se soit évaporé dans la nature, après qu'un de ses complices se soit rendu compte que nous avions mis la main sur la bande magnétique.

— Oui, c'est bien ce que je redoute, soupira Gobert avant de boire une gorgée de vin. Enfin, nous ne pouvions faire davantage pour aider le capitaine. Il n'y a plus qu'à attendre.

« Attendre » était un mot qui énervait Francis. Il impliquait de la résignation, de la passivité, une sorte de renoncement devant l'obstacle. Une attitude tout à fait contraire à son tempérament.

— Bien sûr, nous sommes pieds et poings liés, grommela-t-il, mais je n'ai pas encore étudié cette affaire sous toutes ses faces. Il doit exister une autre approche. Si bien conduite qu'ait été jusqu'à présent l'entreprise de nos adversaires, je doute qu'elle soit l'œuvre de véritables professionnels. Je vous fiche mon billet qu'il y a une faille quelque part.

— Une faille de quel ordre ? Dans la conception ou dans l'exécution ?

— Je ne sais pas. Pas encore.

Il réfléchit tout en mangeant, finit par exprimer en bref ce qui le turlupinait :

— Pourquoi s'être attaqué à un Européen ? Pourquoi avoir recouru à des musulmans ?

Gobert, la fourchette levée, cherchait à répondre à ces deux questions lorsque son visage changea. Il venait d'apercevoir Riquois à l'entrée de la salle.

— Voilà notre ami, signala-t-il. Il doit être sur des charbons ardents.

L'ingénieur repéra ses compatriotes, vint à longues enjambées vers leur table. Son visage reflétait en effet une intense contrariété.

Il serra la main des deux convives, articula :

— Je vous prie de m'excuser, je meurs de soif. Puis-je vous piquer un verre de vin ?

— Mais comment donc ! acquiesça Coplan tout en saisissant la bouteille. Vous n'avez pas cessé de vous ronger les sangs depuis ce matin, je parie ? Eh bien, tranquillisez-vous. La chasse est ouverte, nous avons transmis tous les éléments au capitaine Gwalior.

Riquois, fiévreux, se désaltéra goulûment.

— *Tous ?* interrogea-t-il en décochant un regard ambigu à ses compagnons.

— Oui, dit Gobert. Même la cassette.

Un silence plana.

Bruno se sentait vaciller sur un fil de fer et ne savait pas encore de quel côté il allait tomber.

Malgré un long débat intérieur, il n'avait pas pu fixer son choix.

Mais soudain ce fut plus fort que lui. Sa fidélité à la mémoire de Jérôme et, aussi, les doutes qu'il avait conçus quant au comportement de Monique balayèrent ses hésitations.

— Je voudrais vous parler, articula-t-il, enroué.

— Eh bien, ne vous gênez pas, lança Coplan, jovial. Nous sommes tout oreilles.

— Pas ici, ailleurs. Dans un endroit moins public.

Gobert, discernant son trouble, fronça légèrement les sourcils.

— Avez-vous eu connaissance d'autres faits, au *Space Center ?* s'enquit-il.

— Pire que cela, révéla Bruno en allumant une cigarette d'une main qui tremblotait. Mais achevez votre repas tranquillement. Je n'en suis pas à quelques minutes près.

Il voulait encore se donner du répit, se convaincre que la voie dans laquelle il s'engageait était la bonne.

Intrigués, Coplan et Gobert ne le harcelèrent pourtant pas, tout en se demandant ce qui avait pu le mettre dans un état pareil.

Après le dessert, ils prirent un café tandis que Riquois se commandait un scotch à l'eau gazeuse. Leurs propos n'abordèrent que des questions banales, encore qu'une ambiance de contrainte se fût instaurée parmi eux.

Enfin, le moment vint où ils purent quitter la

table. En débouchant dans le hall de l'hôtel, Coplan, plus anxieux qu'il ne le laissait paraître, demanda :

— Dehors, ou dans une chambre ?

— Non, à l'intérieur, répondit vivement l'ingénieur. A moins que... Vous ne pensez pas qu'on aurait pu y placer un système d'écoute ?

— Ah non, dit Gobert. N'exagérons rien. Nous ne sommes pas à Moscou, ici...

— Alors, montons chez vous.

Ils gravirent les marches jusqu'à l'étage, s'enfermèrent peu après dans la chambre, rideaux tirés.

— Pourquoi tout ce mystère ? maugréa Gobert avec impatience. Etes-vous gagné par l'espionnite, ou quoi ?

Bruno s'épongea le front. D'une traite, il raconta ce qui s'était produit chez lui une heure auparavant, dévoila les termes du marché qu'on lui avait imposé.

— Je leur ai menti sur un point, ajouta-t-il. J'ai prétendu qu'Emile Vallon et vous-même, Coplan, logiez à l'hôtel *Mascot*. Et je ne suis arrivé ici qu'après plusieurs détours, pour vérifier si j'étais suivi. Je ne pense pas l'avoir été. Mais dites-moi : n'allons-nous pas condamner Monique à mourir si je me dérobe à cet ultimatum ?

Ses interlocuteurs ne furent pas longs à tirer quelques conclusions de ce récit.

— Ces types sont aux abois, jugea Gobert. Ils brûlent leurs dernières cartouches.

— Oui, opina Coplan. Le malheur, c'est qu'elles sont bonnes. Ils détiennent un otage tandis que nous restons les mains vides. Pourtant, je ne suis pas mécontent de leur initiative.

— Ah, vous trouvez ? s'écria Riquois. Nous sommes dans un pétrin pire qu'auparavant. Ces crapules vont jouer leur quitte ou double, et rien ne dit qu'ils nous restitueront Monique vivante même si j'en passe par leurs quatre volontés.

Méditatif, Coplan préleva une cigarette dans son paquet de Gitanes, l'alluma posément. Puis, dissipant de la main un nuage de fumée, il déclara :

— Vos agresseurs vous ont octroyé un délai de 48 heures. C'est plus qu'il n'en faut pour élaborer une tactique. Vous allez être notre hameçon, Riquois. Est-ce que la voix du type qui vous a parlé ressemblait à celle que nous avons entendue sur la cassette ?

— Non, pas du tout.

— Et vous n'avez pu voir si ces individus faisaient partie du trio des Moplahs ?

L'intéressé eut un haussement d'épaules découragé.

— Je n'ai même pas pensé à regarder leurs pieds, avoua-t-il. Mais pour ce qui est de la stature et de la vigueur, cela pouvait correspondre, en effet.

Un silence plana.

— Ne comptons plus trop sur une arrestation providentielle de Mohammed, grommela Gobert.

A Coplan :

— Vous n'allez quand même pas courir le risque de leur livrer les photos ?

— Peut-être, fit l'agent du S.D.E.C., évasif. Dans l'immédiat, il ne s'agit pas que ces gredins s'avisent que Riquois les a doublés. Là réside le plus grand risque, car alors ils pourraient prendre le parti de s'évanouir dans la nature, avec ou sans leur prisonnière.

S'adressant ensuite à Riquois :

— Regagnez normalement votre domicile, n'essayez plus de nous joindre, ni physiquement, ni par téléphone. C'est nous qui vous contacterons, le cas échéant, au bureau d'étude du Centre spatial. Pour le reste, essayez *réellement* de vous emparer des photos qui sont logées dans le coffre-fort, comme vous l'auriez fait si vous ne nous aviez pas mis au courant. Cela donnera plus de sincérité à vos propos quand les types vous relanceront. La suite, c'est notre affaire.

L'ingénieur, la conscience allégée, soupira.

— D'accord, accepta-t-il. Mais pour l'amour du ciel, ne commettez pas de gaffe !

Il serra la main de ses compatriotes et quitta la chambre.

Quelques secondes plus tard, Francis écrasa sa cigarette dans le cendrier, leva ensuite les yeux sur Gobert.

— Le pauvre vieux, il est mal embarqué, murmura-t-il. Souvenez-vous de ce qui est arrivé à Jérôme Berquin quand il a été sur le point de céder aux ravisseurs de sa femme.

***

Dans la matinée du lendemain, Gobert reçut un coup de fil du capitaine Gwalior.

— Nous n'avons pas encore retrouvé la trace de Mohammed, déplora l'officier du C.B.I. Une perquisition en règle a été faite hier à son domicile, dans Sirdar Street. Elle n'a strictement rien donné, comme on pouvait le craindre. L'épouse du suspect a été interrogée, mais elle jure ses grands dieux qu'elle ignore où son mari est parti, et c'est probablement exact.

— Oui, sans doute, estima Gobert, désappointé malgré tout. N'a-t-on pas pu lui extraire quelques renseignements sur ce qu'il trafiquait en dehors de ses heures de travail au Centre, ordinairement ?

— On lui a posé la question, bien sûr. Il paraît qu'elle s'est lancée dans une série de lamentations. A l'entendre, Mohammed est un fieffé coureur de jupons qui l'abandonne, avec ses cinq gosses, les trois quarts du temps. Depuis des mois, il découchait souvent ou rentrait à des heures indues. La femme a cependant reconnu qu'il lui remettait intégralement sa paie.

— Est-ce aussi une métisse ou une Hindoue de pure race ?

— C'est une Hindoue, une grosse bonne femme geignarde qui n'a même pas 30 ans. Elle prétend que son mari est un obsédé sexuel, qu'il n'aime que les minces, et surtout des créatures exotiques. Il est vrai que, par la bande vidéo, nous l'avons vu à l'œuvre.

— Mais s'il remet sa paie, et s'il court les filles, il doit avoir de l'argent de poche gagné autrement. Ne serait-il pas utile de vérifier s'il a un compte dans une des banques de la ville, un compte où il planquerait ses gains illicites ?

— Je peux procéder à cette recherche, admit Gwalior sans trop d'enthousiasme. Mais ce genre d'homme aurait plutôt tendance à se constituer un magot en pièces d'or et à le garder dans une cachette. Enfin, l'enquête continue. On s'efforce de déterminer quelles personnes fréquentaient Mohammed, de trouver les adresses de parents, etc.

— Vous tâchez aussi d'identifier ses deux camarades porteurs de tatouages, je suppose ?

— Vous l'avez deviné, dit Gwalior avec un humour froid. Dès que j'aurai du nouveau, je vous le ferai savoir. A moi de vous poser une question, à présent : à votre avis, Monique Berquin a-t-elle véritablement été *enlevée ?*

Ainsi, l'officier indien nourrissait également des doutes à cet égard. La dernière scène, celle où Monique avait été possédée par Mohammed, devait l'avoir turlupiné.

— Oui, je suis convaincu qu'elle a bel et bien été kidnappée, répondit fermement Gobert. C'est la raison pour laquelle je crains qu'on ne la tue. Quand ces gens seront fatigués d'elle, ils s'en débarrasseront.

— Nous ferons de notre mieux pour la récupérer saine et sauve, promit le capitaine. J'ai une idée qui me trotte dans la tête, mais je vous en parlerai plus tard. *Good bye,* M. Gobert.

***

A bord d'une *Ambassador* louée avec chauffeur (en dépit de cette désignation pompeuse, la bagnole ressemblait à une vieille 403 Peugeot, en plus poussif...) Coplan mit cette journée à profit pour mieux explorer la ville et son environnement.

Il alla voir les palais des maharadjas dans l'enceinte de la citadelle, passa au large du temple d'Ananta Padmanabha dédié à Vishnou et dont l'entrée est interdite aux non-hindous, fit à pied une incursion dans le bazar — pareil à ceux de Delhi et de Téhéran, avec ses innombrables boutiques de produits artisanaux, ses odeurs infectes parfois estompées par les arômes prenants de l'encens et du santal, sa foule hétéroclite et ses marchands accrocheurs — se rendit même à la fameuse plage de Kovalam, distante d'une quinzaine de kilomètres, et où deux palaces modernes, plantés en retrait d'un rivage de rêve ombré par des cocotiers, attirent de riches Indiens et des touristes étrangers.

Ces diverses pérégrinations l'amenèrent à penser qu'il n'était l'objet d'aucune surveillance, bien qu'il fût difficile, en circulant sur ces voies populeuses, d'en acquérir la certitude. Mais simultanément, il se traça une ligne de conduite pour le lendemain.

En fait, malgré l'efficacité de la police indienne et l'aide qu'elle pouvait lui apporter, il avait assumé une lourde responsabilité à l'égard de Bruno Riquois. Et de Monique Berquin par voie de conséquence.

Or, Francis devait s'avouer qu'il ne voyait toujours pas clair dans cet imbroglio. Selon les dires de l'ingénieur, le clan adverse, qui avait cru pouvoir attribuer le meurtre de Jérôme Berquin au service de sécurité du Centre, semblait tout aussi perplexe.

Dans ces conditions, la moindre fausse manœuvre risquait de déclencher des réactions imprévisibles. Et pourtant, ce soir-là, la nuit et le matin suivant, il faudrait abandonner Riquois à son sort.

C'était la seule manière de donner confiance à l'homme qui convoitait les photos.

***

Lorsque, dans la matinée du lendemain, Coplan appela d'une cabine publique le bureau d'étude du Centre spatial, il ne le fit pas sans appréhension.

D'abord, il demanda à parler au directeur, Kitab Singh. Ce dernier ne tarda pas à se manifester :

— Bonjour, M. Coplan. Que puis-je faire pour vous ?

— M. Riquois est-il là ?

— Oui, parfaitement. Désirez-vous que je l'appelle ?

Coplan, soulagé, acquiesça. Apparemment, il n'y avait pas eu de fuite.

L'ingénieur vint à l'appareil.

— Ce soir, dit Coplan, les types de l'autre bord vont vous donner signe de vie d'une manière ou d'une autre. Vous leur annoncerez que la marchandise est disponible, mais qu'il vous faut un délai de 24 heures avant de la livrer.

— Je n'ai pas... Je ne sais pas comment me...

— Ne vous tracassez pas. Vous aurez le matériel en temps voulu. Justifiez ce délai par la nécessité de prendre des copies, afin de remettre les originaux dans le coffre de sorte qu'on ne s'aperçoive pas qu'il y a eu vol. Si votre interlocuteur n'est pas un imbécile, il comprendra l'intérêt de la chose et sera d'accord. Vous me suivez ?

— Oui, bon. Et alors ?

— Dès que vous saurez à quoi vous en tenir sur les modalités de livraison, vous me téléphonerez au numéro 12.34, de n'importe quel endroit sauf de votre domicile.

— Un instant, pria Riquois. Je prends note.

— A ce moment-là, je vous donnerai d'autres instructions. Et tâchez de vaincre votre trac. Songez que vous n'êtes pas seul.

— Je ferai de mon mieux, prononça l'ingénieur, un peu enroué.

Puis, plus confidentiel :

— Mais j'ai quand même l'impression d'être dans une belle merde, si vous voulez le savoir.

— Vous ne vous trompez pas, admit Coplan, imperturbable. J'attends de vos nouvelles. Salut.

Il raccrocha, sortit de la cabine.

A présent, il lui incombait d'exposer son plan à Gobert, et d'obtenir la complicité de ce dernier.

***

En fin d'après-midi, lorsque Riquois sortit du Centre, il avait les nerfs à fleur de peau. Il se sentait partir à la dérive, comme un radeau emporté par le courant vers des chutes vertigineuses, sans aucun moyen de freiner sa course.

Il avait beau dire, Coplan... Le bel encouragement, que de songer qu'on n'est pas seul quand on se débat dans une toile d'araignée géante !

Arrivé près de sa voiture au parking, l'ingénieur sourcilla. Un papier était coincé entre l'essuie-glace et le pare-brise. Ici, ce ne pouvait être une contravention...

Le billet portait l'inscription suivante : « Allez directement au bar du *Kovalam Palace* et attendez qu'on vous y appelle. »

Les battements de cœur de Riquois s'accélérèrent légèrement. C'était parti, il allait plonger dans l'inconnu.

Glissant le message dans sa poche, il s'assit au volant, mit le moteur en marche. Comme d'habitude, mêlé au personnel qui venait de terminer son service, il prit la direction de Trivandrum. Ils avaient décidément du culot, ces individus, de pénétrer jusque dans le parking pour le relancer !

A l'orée de la ville, il emprunta la route qui mène à la plage, parvint à l'hôtel indiqué et rangea sa voiture sur l'esplanade. Des vacanciers en tenue de bain, vêtus de légers peignoirs, se dirigeaient vers le sable, maintenant que l'ardeur du soleil décroissait.

Ayant pénétré dans l'atmosphère un peu trop climatisée du bar, désert à cette heure, Riquois se commanda un scotch et grilla une cigarette pour tromper son impatience.

Celle-ci, heureusement, fut de courte durée. Une sonnerie tinta, le barman prit la communication puis, tournant la tête vers l'Européen, il s'enquit :

— Etes-vous M. Riquois ?

L'interpellé approuva de la tête.

— Allez à la cabine qui est dans les toilettes, indiqua l'Hindou. On vous demande de l'extérieur.

Riquois vida son verre d'une lampée avant de quitter son tabouret. Peu après, il porta le récepteur à son oreille.

— Riquois. Je vous écoute.

Une voix sourde, acerbe, résonna :

— Vous jouez un jeu dangereux, je vous préviens. Vous nous avez menti : les deux autres Français ne logent pas à l'hôtel *Mascot,* nous l'avons vérifié. Pourquoi nous avoir induits en erreur ?

— Heu... Parce que je craignais que vous vous attaquiez à eux aussi. Mais je vous garantis que je ne leur ai rien dit.

— Je l'espère pour vous, et pour qui vous savez. Avez-vous ce qu'il nous faut ?

L'ingénieur tint le langage conseillé par Coplan, puis il conclut :

— Si on se rend compte que l'enveloppe a été dérobée, je serai suspecté, vous comprenez. Momentanément, personne ne s'y intéresse, mais on la récupérera tôt ou tard. Il est préférable qu'on la retrouve intacte.

Il y eut un silence, puis l'inconnu concéda d'un air grognon :

— Vous n'avez peut-être pas tort. En tout cas, c'est votre dernière chance. Demain, à sept heures du soir, vous déposerez la documentation, placée dans une enveloppe de papier brun soigneusement collée, chez le marchand d'ivoires sculptés qui se trouve au 24 de Madras Road, dans le bazar. Vous inscrirez « M. Kind » sur le pli, et vous direz au marchand qu'un homme viendra le lui réclamer. Attention : pas de singeries. Si un piège nous est tendu, nous nous en apercevrons. Ce sera tant pis pour vous et pour la personne que vous connaissez. Bonsoir.

La communication fut coupée. Riquois, le front emperlé de sueur, remit le combiné en place. Il attendit quelques secondes, décrocha le récepteur et eut la standardiste de l'hôtel.

— Donnez-moi le 12.34 à Trivandrum, pria-t-il.

L'estomac crispé, il patienta. Enfin, il entendit la voix de Coplan.

D'une traite, il lui relata la conversation qu'il venait d'avoir eue, demanda ensuite :

— A présent, que faut-il que je fasse ?

— Dînez où vous êtes, puis rentrez chez vous. Demain, exécutez ponctuellement les ordres qu'on vous a donnés, sans vous soucier du reste.

— Mais... je ne le peux pas !

— Vous le pourrez. Gobert vous verra au bureau d'étude dans le courant de l'après-midi. Surtout, ne flanchez pas.

Riquois contempla le récepteur avant de se résigner à le raccrocher pour de bon. Puis il retourna au bar et se commanda un second whisky.

Le radeau s'engageait dans les rapides.

CHAPITRE IX

C'est à l'Hôtel *Mascot* que Coplan avait reçu la communication de Riquois. Immédiatement après, il sortit et monta dans sa voiture, prit le chemin du bungalow de l'ingénieur.

Parvenu dans le secteur résidentiel, il ralentit, parcourut les environs à faible allure, le regard à l'affût de tout détail insolite.

Beaucoup de gens déambulaient encore dans les avenues, des carrioles passaient, des groupes d'enfants jouaient en riant. Une seule voiture en stationnement, apparemment vide, à une cinquantaine de mètres de la demeure de Riquois. Plus près de celle-ci, un « sadhu » quasiment nu, d'une maigreur squelettique, se mortifiait dans une posture bizarre, assis en lotus, un bras levé, l'autre plié à angle droit en bordure de la route. Ailleurs, un mendiant déguenillé s'appuyant sur un bâton sollicitait la charité des promeneurs.

Coplan stoppa son véhicule à quelque distance de bungalow, dans la direction de la route par laquelle Riquois devait inévitablement revenir à son domicile. Il resta assis au volant, attentif, observant tour à tour le paysage qui s'étalait devant lui et, par ses rétroviseurs, ce qui venait de l'arrière.

Le soir commençait à tomber, la lumière prenait des tons cuivrés. Le mendiant avait fini par disparaître, mais le « sadhu » conservait son immobilité granitique, insensible à tout, abîmé dans sa méditation. Certains pouvaient rester des heures, et même des jours, dans une position qu'un bon gymnaste occidental n'aurait pu garder plus de cinq minutes. Les hommes et les femmes qui défilaient devant lui ne lui dédiaient qu'un coup d'œil furtif, rares étaient ceux qui déposaient sur le sol une piécette de monnaie.

Bien que l'attente fût longue, la vigilance de Coplan ne se relâcha pas. Mais il dut reconnaître qu'il n'apercevait rien qui méritât d'éveiller sa suspicion. Ne sachant s'il devait s'en inquiéter ou s'en réjouir, il prit son mal en patience en se disant que deux précautions valent mieux qu'une.

Enfin, vers huit heures et demie, il décela l'approche de la voiture de Riquois. Ce dernier le dépassa sans le remarquer, ses feux rouges s'allumant un peu plus loin tandis qu'il freinait pour bifurquer vers sa maison.

Francis mit pied à terre, glissa sa main droite dans sa poche et resta debout entre la portière ouverte et la carrosserie, ses yeux ne cessant d'épier les alentours et aussi, un éventuel mouvement du saint homme absorbé par sa prière.

Au moment où Riquois escaladait les marches

menant à la porte d'entrée du bungalow, le bruit d'une petite moto arrivant à une vitesse modérée attira l'attention de Coplan mais ne lui fit pas tourner la tête. Rien ne devait plus détourner son regard de la zone d'où un coup de feu pouvait être tiré sur son compatriote.

La moto entra bientôt dans son champ de vision. Elle était montée par un individu coiffé d'un turban plat, vêtu d'une robe brune serrée à la ceinture. Coplan eut un imperceptible sursaut, se tint prêt à entrer en action.

Or Riquois entra chez lui, referma la porte, et l'engin à deux roues poursuivit paisiblement son bonhomme de chemin. Le même calme bucolique continua de régner, comme auparavant. Pourtant, au fond de lui-même, Coplan avait la sensation que le type qui venait de passer était celui qu'il avait entrevu, chez Jérôme Berquin, après la destruction du téléviseur.

Tenté de s'élancer à sa poursuite, il refréna son impulsion. Il pouvait s'être trompé, d'une part, et dans le cas contraire, il risquait de flanquer par terre le plan qui avait été adopté.

Il n'y avait rien d'invraisemblable à ce que l'ingénieur fût surveillé, quasiment en permanence, par des acolytes de l'homme qui faisait chanter Riquois comme il avait fait chanter Berquin.

Lui aussi devait redouter qu'il soit descendu.

Mais peut-être était-ce prématuré ? Depuis le coup de téléphone qu'avait reçu Riquois au *Kovalam Palace,* la fuite ne pouvait pas encore s'être produite. Le vrai danger se manifesterait demain, quand l'ingénieur serait en possession des photos.

Un instant, Coplan avait eu chaud. Il se rassit dans sa voiture, referma la portière. Réflexion faite, le « sadhu » était peut-être un agent du capitaine Gwalior, posté là en sentinelle à toutes fins utiles.

Coplan se décida à regagner le *Belair*.

***

Comme prévu, Gobert se présenta dans l'après-midi du lendemain au bureau d'étude. Il eut un tête-à-tête avec Kitab Sing, dans le bureau particulier de celui-ci, puis le directeur s'en alla. Deux minutes plus tard, Riquois pénétra dans la pièce, nerveux, les traits tirés.

— Relaxez-vous, lui dit avec bonhomie le chef de la sécurité. Je sais que vous traversez des moments pénibles, mais nous avons bon espoir de démasquer, grâce à vous, les gens qui s'intéressent d'un peu trop près au moteur Viking.

Obéissant au geste de Gobert, Bruno Riquois alla s'asseoir dans un des fauteuils.

— J'ai hâte que cela finisse, avoua-t-il. Je supporte mal l'idée que, après Jérôme, Monique Berquin pourrait avoir été assassinée.

— Tout un dispositif se met en place avec la coopération de la police indienne, révéla Gobert. Un dispositif des plus discrets, évidemment. Je préfère ne pas vous en dévoiler les détails. Maintenant, écoutez-moi.

Il ouvrit la fermeture à glissière de sa sacoche, reprit tout en exhibant une enveloppe en plastique contenant des épreuves photographiques :

— Le maître chanteur n'a jamais vu, et pour cause, les clichés qu'avait pris Berquin. J'en ai réalisé une autre série, beaucoup moins significative, dont un non-initié aurait du mal à déterminer la valeur. Même pour un spécialiste, ils nécessiteront un examen très attentif. En mettant les choses au pis, il faudra du temps à notre adversaire pour se rendre compte qu'il a été bluffé. Voilà donc ce que vous porterez tout à l'heure dans cette boutique du bazar.

Riquois s'empara de l'enveloppe. Sans même jeter un coup d'œil à son contenu, il la glissa dans la poche de sa blouse blanche.

— Mais comment négocier la libération de Monique ? demanda-t-il. Qui nous dit que ce salopard tiendra sa parole ?

— Nous tenons pour certain qu'il ne la respectera pas. Ce sera une partie de bras de fer.

Déprimé, l'ingénieur hocha la tête.

— Tout cela me paraît terriblement problématique, aléatoire... J'avais espéré que la recherche de Mohammed fournirait une piste sérieuse.

— Nous aussi. Malheureusement, il n'en est rien. La seule chose qu'on ait apprise, c'est que ce Moplah a quitté son domicile vers 3 heures du matin. Un homme, que la femme de Mohammed n'a même pas vu, est venu frapper à leur porte et l'a emmené séance tenante. Moralité : nous ne pouvons spéculer que sur le chemin que vont suivre ces photos pour en identifier le destinataire.

— Bon, fit Riquois. Je me fie à vous. Ne me faites pas regretter d'avoir misé sur le mauvais cheval.

— A présent, retournez à votre travail et ne dites à personne que vous venez d'avoir un entretien avec moi. Seul Kitab Sing est dans la confidence. Ce soir, après être allé dans le bazar, rentrez directement chez vous et n'en sortez plus jusqu'à ce qu'on vous fasse signe.

***

Khawaja Watto se couvrit la tête d'une cagoule avant de se faire ouvrir, par Mohammed, la pièce sans fenêtre où était détenue l'Européenne.

— L'as-tu encore tringlée ? s'enquit-il auprès du Moplah, une lueur de vice dans ses prunelles.

— Une seule fois, ce matin, Sahib. Quand elle est sortie de son bain.

— A-t-elle joui ?

— Non. Elle était fatiguée. Mais elle m'a laissé faire. La nuit passée, elle avait déjà fait l'amour avec Elahi. Avec lui, ça marche toujours.

— Alors, donne-moi le flacon.

Mohammed s'en fut dans le cagibi, pourvu d'un lit de camp, où se relayaient les gardiens, revint dans le couloir et tendit à son chef une petite bouteille remplie à demi d'un liquide incolore.

Watto l'empocha, indiqua de la tête la serrure.

Mohammed fit jouer une grosse clé dans le mécanisme, ouvrit la porte pour laisser passer le visiteur, la referma derrière lui.

Monique, décoiffée, pâle, vêtue de sa petite robe de cotonnade fripée et défraîchie, eut un mouvement de recul. Des bracelets de cuir, à ses poignets et à ses chevilles, l'attachaient par des sangles à un anneau de fer scellé dans le mur au-dessus de son lit. Les sangles n'étant pas courtes, la prisonnière pouvait bouger et changer de position lorsqu'elle le désirait.

— Bonjour, Mme Berquin, prononça Watto sur un ton mielleux. Je vous apporte une bonne nouvelle. Demain, vous serez libre.

Abasourdie, n'en croyant pas ses oreilles, la jeune femme fixa des yeux grands ouverts sur l'odieux bonhomme qui la tenait en son pouvoir depuis une semaine.

— Oui, c'est la vérité, reprit-il. Vous voyez que nous avons bien fait en vous cachant notre visage. Vous ne serez donc pas en mesure de nous décrire. Sauf Elahi, bien entendu. Mais lui, vous ne le trahirez pas, j'en suis certain.

Montrant la caméra montée sur trépied dans un coin de la pièce, il poursuivit, sardonique :

— Vos souffrances n'auront pas été vaines. Votre mari a fini par plier. Ce soir, il va enfin nous remettre quelques documents. En récompense, nous vous déposerons dans un parc de la ville, avec un peu d'argent pour que vous puissiez prendre un taxi.

Une bouffée de chaleur monta au visage de

Monique. Encore incertaine, elle n'en songea pas moins qu'elle devrait bientôt affronter Jérôme, et que celui-ci, après ce qu'il avait vu, voudrait probablement rompre avec elle à tout jamais.

Watto vint s'asseoir sur le lit, avança sa main aux doigts boudinés entre les cuisses de sa captive et, malgré ses contorsions, lui happa l'entrejambe.

— Je vous regretterai, confia-t-il en raffermissant sa prise. Vous êtes très belle.

— Laissez-moi, chuchota-t-elle, indignée, sans parvenir à se dérober. Demain, vous viendrez me dire que vous avez changé d'avis, et puis vous me ferez avaler un de ces comprimés qui...

— Mais non. Avouez que vous n'avez pas perdu votre temps, depuis que vous êtes ici. Vous avez été bien nourrie, bien traitée. Beaucoup de filles auraient aimé être à votre place. Vous avez connu des tas d'expériences et, la plupart du temps, vous vous êtes drôlement envoyée en l'air, pas vrai ? De plus, vous pourrez prétendre que ce n'était pas votre faute : l'excuse idéale. Tout ça mérite un petit remerciement, non ?

— Comment osez-vous ? proféra Monique, suffoquée, tandis que l'Oriental lui caressait un sein. Après tout ce que vous m'avez fait subir !

Il changea de ton, ricana :

— Oui, précisément. Je voudrais que, cette fois-ci, tu le fasses *volontairement* avec moi.

— Jamais. Vous me dégoûtez.

— Pas toujours, souviens-toi. Et puis, tu sais bien que, si j'en ai l'envie, je peux te violer ou te mettre en chaleur malgré toi. Mais ça me plairait mieux si tu acceptais, lucidement, de bon gré. Comme avec Elahi ou Mohammed. Tu as deux minutes pour réfléchir.

Il s'écarta d'elle, se remit debout et entreprit de se déshabiller sans quitter la fille des yeux.

Le cœur battant la chamade, les aisselles moites, Monique s'efforça de garder son sang-froid. Son geôlier disait vrai : de toute façon, elle n'échapperait pas à ses violences. Si elle se refusait, il préférerait se servir d'elle comme d'une esclave, heureux de l'humilier de toutes les manières, de l'entendre crier ou pleurer. En outre, il s'y entendait à maîtriser ses élans, ce faune ventru au regard brûlant. Une nuit, il l'avait outragée pendant une demi-heure.

Ou bien il recourrait à l'un de ces produits maléfiques qui déchaînaient en elle un besoin irrésistible d'être possédée. Alors elle se transformerait en une bacchante bégayant des mots orduriers et offrant son corps aux étreintes les plus luxurieuses.

Cependant, sa dignité regimbait. Elle continuait à tergiverser.

— Tu te décides ? grommela Watto en montrant le petit flacon qu'il avait réclamé à Mohammed, afin d'indiquer quelle solution il adopterait si Monique repoussait sa proposition.

Il arborait déjà une érection agressive, insolente.

Monique, oppressée, articula faiblement :

— Je veux bien... Mais il faut que vous me détachiez.

Exultant, il courut vers la porte, appela :

— Mohammed ! Viens lui ôter ses bracelets !

La figure masquée, énigmatique, le Moplah fit son apparition, une clé minuscule dans la main.

— Elle va faire gentiment l'amour avec moi, annonça son chef. Tu peux rester, ça vaudra la peine d'être vu.

Le Malabar s'approcha de la prisonnière, la délivra, alla s'adosser à la porte.

Monique se frotta les poignets tout en regardant son tortionnaire.

— Enlève ta robe, enjoignit-il.

Elle obtempéra, bien que ce fût son unique vêtement.

— Allonge-toi sur le dos et ouvre tes cuisses autant que tu le peux.

Subjuguée, elle obéit, offrant son sexe aux regards salaces des deux Orientaux.

Watto vint la surplomber, agenouillé entre ses jambes, s'arcboutant sur les mains, appuyées de part et d'autre du visage de la jeune femme sur l'oreiller.

— Introduis-le toi-même, ordonna-t-il. Comme si tu m'aimais.

Les pensées de Monique vacillaient. A quel degré de veulerie était-elle donc tombée en quelques jours ? Après ce qu'elle avait vécu depuis son enlèvement, sa servilité semblait ne plus avoir de limites.

Watto, frémissant de joie contenue, sentit qu'elle guidait son membre dardé, qu'elle en attirait le gland dans le pli humide de sa chatte, l'y logeait. Il demeura immobile, n'achevant pas l'intromission.

— Bien, tu es gentille, approuva-t-il en la fascinant de son regard de braise. Maintenant, fourre-le-toi complètement et baise comme une brave petite garce échauffée.

Il attendit avec une curiosité malsaine quelle allait être la réaction de la fille. Qu'elle se conformât ou non à son vœu, il la tenait et ne tarderait pas à l'embrocher plus avant.

Elle hésitait, tenaillée par la crainte.

Il eut un brusque halètement car, tout à coup, elle l'avait enlacé, engloutissant d'un trait toute la longueur de son pénis. Solidement agrippée, elle creusait les reins à un rythme régulier, avec une application tenace visant à le précipiter au plus vite dans l'ivresse de l'éjaculation.

Mais il parvint à juguler la montée de sa sève. Il voulait contraindre la Blanche à se prostituer avec la plus grande impudicité possible. C'était cela, son triomphe.

Dans un silence électrisé, la jeune femme s'activait sous lui, le souffle court, les traits contractés. Elle avait réuni ses talons sur le dos de son ravisseur, gardait quelques secondes le phallus enfoui en elle avant de se dérober, puis de l'absorber à nouveau par des pulsions gourmandes de ses hanches. Mais tout en cherchant à l'entraîner dans un plaisir vertigineux, elle ne cessait de se demander comment elle en était arrivée à déployer toute sa séduction pour satisfaire cette espèce de potentat obscène.

Or, à force de simuler une intense fringale sexuelle, elle finissait par éprouver un trouble équivoque. Ne se résignait ni à lâcher l'Oriental, ni à s'abandonner passivement. Pour une fois qu'elle avait l'initiative, elle entendait le vaincre, lui.

Soudain Watto releva d'une main le bas de sa cagoule. Son buste velu vint s'appesantir sur les seins de Monique, ses bras l'étreignirent. Tandis que ses lèvres entourées d'un tampon de poils s'appliquaient sur la bouche ouverte de la captive, il se mit à la violenter avec frénésie.

Mohammed assistait avec une excitation grandissante à ce singulier duel. Intrigué, il en attendait l'issue, ne discernant toujours pas si l'Européenne s'était livrée par calcul ou en cédant à quelque démon intérieur.

Impossible de deviner si les râles étouffés qui jaillissaient de sa gorge dénonçaient une protestation offensée ou une volupté bouillonnante. Quoi qu'il en fût, elle serrait fortement la taille de son agresseur entre ses cuisses et ne secouait pas la tête pour échapper à son baiser vorace.

Finalement, Watto souilla éperdument sa victime, laquelle accueillit cette ultime profanation avec des soubresauts de sa croupe et en poussant des vagissements affolés.

Rivés l'un à l'autre, ils connurent ensuite une torpeur qui ne s'estompa qu'au bout de plusieurs minutes. Enfin, Watto se redressa, la tête vide, quelque peu assommé par l'intensité de son orgasme.

Il quitta le lit, entreprit de se rhabiller.

— Tu as vu ? dit-il en malayalam au Moplah. Elle le fait drôlement bien, quand elle veut. Crois-tu qu'elle ait joué la comédie jusqu'au bout ?

L'interpellé, haussant les épaules en signe de perplexité, ne répondit pas. Honnêtement, il ne l'aurait pu. Avec cette diablesse, on pouvait s'attendre à tout.

Se tournant vers Monique encore étalée, Watto lui lança :

— Tu peux être franche : as-tu éprouvé du plaisir, oui ou non ?

Les paupières de la jeune femme se relevèrent, dévoilant un regard glauque dénué d'expression.

— Non, j'ai fait semblant, affirma-t-elle dans un souffle.

Il la considéra, incrédule, ne sachant trop où était la vérité.

— Après tout, je m'en fous. C'était bigrement bien imité, conclut-il en bouclant sa ceinture. On sent que tu as été initiée aux enseignements du Kama Soutra. Que tu le veuilles ou non, tu n'en oublieras plus les leçons et tu feras encore le bonheur de beaucoup d'hommes.

Elle garda le silence, les lèvres crispées, refusant d'admettre que ces jours de détention l'avaient corrompue malgré elle.

Mohammed, encore sous le coup de ce qu'il venait de contempler, se mit en devoir d'entraver la prisonnière. Ce faisant, il ne put se dispenser de lui décocher une insulte tout en promenant une main caressante sur son corps satiné, des seins au pubis. Après quoi il sortit de la pièce à la suite de Watto.

Lorsque la porte de la cellule eut été refermée, ce dernier se débarrassa d'un geste vif de sa cagoule et respira profondément. Sa résolution était prise.

— Elle a donné dans le panneau, grinça-t-il, goguenard. Mais il n'est pas question de la laisser derrière nous. Ce soir, il faudra la supprimer. Tu diras à Iskander qu'il doit le faire en douceur. Après tout, elle l'a bien mérité.

Se disposant à regagner son appartement pour mettre au point les modalités de sa fuite, il se ravisa :

— Si le cœur t'en dit, tu peux retourner près d'elle. Ne te gêne pas de t'amuser avant qu'Iskander se la farcisse une dernière fois. Quand ta garde sera terminée, viens me rejoindre dans mon bureau.

— Entendu, Sahib, prononça le Moplah, enjoué.

***

A cinq heures de l'après-midi, Riquois sortit du Centre spatial. Quand il approcha de sa voiture, il craignit d'y trouver un autre message qui annulerait les consignes antérieures en leur substituant de nouvelles.

Ses appréhensions, de ce côté-là du moins, étaient vaines. Il prit donc le volant et emprunta le chemin de son domicile. Les photos, il les emportait dans la poche intérieure de son léger veston tropical. Elles semblaient lui brûler la peau.

Maintenant, il se trouvait exactement dans la même situation que Jérôme, quelques minutes avant que ce dernier eût été abattu d'un coup de feu.

Evidemment, cette fois, un filet de protection avait dû être tissé autour de lui, mais aurait-il une efficacité à cent pour cent ? La police n'était pas parvenue à reconstituer comment Jérôme avait été tué, elle ignorait où le meurtrier s'était planqué pour tirer.

Tout en roulant, l'œil souvent attiré par le rétroviseur, Bruno Riquois s'avoua qu'il n'avait nullement l'étoffe d'un héros. S'il réchappait de cette aventure, il demanderait à être rapatrié. Auparavant, il devrait toutefois s'occuper de Monique, à condition qu'on la retrouve vivante. D'autant plus que, la veille, Emile Vallon avait été renvoyé à Ahmedabad.

Jusqu'au moment où il arriva près de chez lui, Riquois ne put déceler s'il était précédé ou suivi, soit par des agents de la Sécurité indienne, soit par des individus qui méditaient de l'exécuter.

En descendant de sa voiture, il s'aperçut que ses jambes n'étaient pas très fermes. Il domina une envie fantastique de promener un regard inquisiteur autour de lui, parvint à gravir les marches du perron sans hâte visible.

Or, rien ne se produisit.

Lorsqu'il eut pénétré dans le bungalow, il s'octroya le temps de souffler. Pour se détendre les nerfs, il se disposa à allumer une cigarette, vaguement conscient qu'il l'avait échappé belle.

Il est vrai qu'un tueur pouvait encore l'attendre à sa sortie, quand il se rendrait au bazar.

Une voix mâle et bien timbrée le secoua comme une décharge électrique.

— Tout va bien, Riquois. Offrez-nous un drink, voulez-vous ?

Médusé, il vit apparaître Coplan, qui était resté planqué derrière un fauteuil, avec un fusil à lunette, à l'angle d'une des fenêtres donnant sur l'avenue.

— Eh bien merde, proféra l'ingénieur. On entre décidément chez moi comme dans un moulin...

— C'est pourquoi je m'étais installé ici depuis ce matin, rétorqua Coplan. Et tranquillisez-vous, je n'ai détecté aucun système d'écoute.

— Encore une émotion comme celle-là et je fais un infarctus, maugréa le maître de maison. Vous auriez quand même pu me prévenir !

— J'ai préféré n'en parler à personne, pas même à vous. Alors, on se le boit, ce remontant ?

— Une double dose pour moi. Et vous ?

— Un baby scotch avec beaucoup d'eau suffira. On n'est pas encore sortis de l'auberge. La soirée ne fait que commencer.

CHAPITRE X

Après avoir rangé sa voiture à l'orée du bazar, Riquois s'engagea dans le dédale des ruelles. Il y était déjà venu plusieurs fois depuis son arrivée en Inde, mais n'avait jamais songé à regarder les noms de ces voies tortueuses encombrées de promeneurs.

Il dut se renseigner à deux reprises pour trouver Madras Road. Tout en déambulant entre les boutiques, il tâchait de surmonter sa peur. Il ne voyait pas très bien comment, mêlé à cette foule, on aurait pu le protéger contre un coup de poignard ou une balle tirée à bout touchant.

Il était d'autant plus mal à l'aise qu'il avait conscience d'être suivi. Il le ressentait physiquement, bien qu'il n'eût pas tourné la tête. Gardes du corps ou individus malintentionnés, des Hindous à faces patibulaires foisonnaient dans ces venelles commerçantes.

L'ingénieur finit par dénicher le petit magasin d'ivoires sculptés désigné par son correspondant. Ces ivoires, incroyablement ouvragés, représentant des dieux, des déesses ou même des temples, étaient l'un des fleurons de l'artisanat du Kerala.

Comme toutes les autres, cette boutique beaucoup plus profonde que large n'avait pas de devanture : on y pénétrait de plain pied sans franchir une porte. Riquois entra, dut se faufiler entre étagères, armoires et vitrines servant à exposer une multitude d'objets, des plus humbles aux plus somptueux.

Le commerçant, un petit homme ridé portant des lunettes cerclées de fer, vint au devant du visiteur en affichant un sourire affable.

Riquois toussota.

— Hem... Je ne suis pas venu acheter une de vos œuvres d'art, prononça-t-il. Je désire simplement déposer chez vous un pli que viendra réclamer, je ne sais trop quand, un certain M. Kind.

Le sourire de l'Hindou ne disparut pas.

— Okay, acquiesça-t-il. Je le lui remettrai, soyez sans crainte.

Riquois préleva discrètement l'enveloppe dans sa poche et la tendit au boutiquier, qui se replia vers un petit comptoir pour y ranger le dépôt.

— Merci, dit Riquois. Au revoir.

L'Hindou s'inclina, les mains jointes.

Soulagé d'avoir accompli sans anicroche ce qu'on attendait de lui, l'ingénieur emprunta la direction de la sortie du bazar. En principe, dès maintenant, le danger s'était grandement atténué pour lui. Mais comment se déroulerait la suite ?

Dans son for intérieur, Bruno Riquois ne se

souciait pas exagérément du réseau qui essayait de s'emparer des secrets du Viking. D'abord, parce qu'il venait de refiler des photos d'un intérêt douteux ; ensuite, parce que l'enquête était du ressort des services de contre-espionnage indien et français. Mais le sort de Monique continuait à lui tenir à cœur, et il avait du mal à tempérer son angoisse en ce qui la concernait.

Car il ne se faisait aucune illusion : la libération éventuelle de la jeune femme ne revêtait qu'une importance secondaire aux yeux des agents chargés de démanteler l'organisation qui la séquestrait. Comme lui-même, elle ne constituait qu'un pion sans grande valeur sur l'échiquier.

Son oppression s'allégea encore lorsqu'il eut quitté les voies étroites du souk musulman. Il regagna sa voiture, prit place au volant et démarra, presque étonné d'être encore en vie.

***

Environ une demi-heure plus tard, un jeune Hindou nu-tête, dont la chemisette à manches courtes flottait par-dessus la ceinture de son pantalon, se présenta au 24 de Madras Road. Désinvolte, les mains dans les poches, il fit mine de s'intéresser à quelques statuettes, fut bientôt abordé par le commerçant.

— Vous cherchez quelque chose ? s'enquit ce dernier avec une amabilité professionnelle. Prenez votre temps, vous êtes ici chez vous. Nulle part, vous ne trouverez des œuvres de cette qualité à un meilleur prix.

Le jeune type ne se donna pas la peine de répondre, mais s'engagea peu à peu vers le fond de la boutique, en ayant toujours le petit bonhomme ridé sur ses talons. Et soudain il se tourna vers lui.

— Je suis M. Kind, confia-t-il à voix basse. Je viens chercher l'enveloppe qu'on a déposée pour moi. Et voici les 100 roupies promises.

— Très bien, très bien, marmonna son interlocuteur en saisissant le rouleau de billets.

Entre-temps, un autre quidam s'était mis à examiner les objets exposés. Un sikh, probablement. Belle allure, la mise soignée, des bagues aux doigts, le chef surmonté d'un haut turban bleu foncé.

Pressé de se débarrasser du jeune homme, le propriétaire de la boutique se hâta de lui remettre le pli afin de pouvoir s'occuper ensuite du noble étranger.

Le soi-disant M. Kind s'esquiva promptement, se faufila entre les passants qui baguenaudaient dans la ruelle. Moins de trois secondes plus tard, au grand dam du boutiquier, le Sikh se désintéressa totalement de la statuette d'une danseuse sacrée qu'il avait semblé étudier avec soin. Sans écouter le laïus habituel de tenancier, il sortit d'un pas souple et, au bout de quelques mètres, il adressa la parole à un mollah désœuvré, lui glissa rapidement à l'oreille une phrase en anglais tout en indiquant du menton la direction qu'avait empruntée le jeune type.

Le religieux, perdant soudain son apathie, s'élança sur sa trace alors que le sikh, semblant parler tout seul, partait en sens contraire. En fait, il lançait un message radio grâce au micro-épingle fiché dans son col de chemise et à l'émetteur dissimulé sous son turban.

Alors, la chasse s'organisa. Des policiers en civil aux tenues les plus diverses vinrent se poster à toutes les issues du bazar. Non loin de chacun d'eux, un collègue tout aussi anonyme pourvu d'un moyen de transport, vélomoteur, vieille bagnole ou moto, était prêt à poursuivre la filature du suspect.

Le capitaine Gwalior et Coplan, installés dans une jeep stationnant le long d'un des murs de la mosquée, écoutaient sur un récepteur de bord l'échange des communications.

Ils surent tout de suite que le jeune gars, malgré son agilité, n'était pas perdu de vue. Repéré sur-le-champ lorsqu'il déboucha hors du bazar, il tomba sous la surveillance d'autres inspecteurs à la mine parfaitement inoffensive.

Bientôt, il apparut que le fuyard, utilisant un engin à deux roues, filait vers le centre de la ville.

Gwalior mit le moteur en marche en vue de garder le contact avec ses subordonnés qui suivaient les déplacements du convoyeur des photos. Lorsqu'il eut démarré, puis engagé son véhicule dans une avenue rectiligne bordée d'arbres, il lança dans le micro un appel général invitant les autres membres de l'équipe à partir également vers le centre.

Après cette communication, il dit à Coplan :

— Nous n'aurons jamais trop de monde pour observer ce voyou. Il va sûrement transmettre le pli par un tour de passe-passe, ou disparaître subitement dans une maison.

— Il ne faudrait pas qu'il nous glisse entre les doigts, opina Francis. Mais je crois qu'on peut compter sur vos hommes.

— Je l'espère.

Selon les brèves indications que diffusait de temps à autre le haut-parleur, l'itinéraire du fugitif se révélait assez fantaisiste. Néanmoins, ses poursuivants le gardaient toujours dans le collimateur.

Aux dernières nouvelles, il se dirigeait vers la banlieue ouest.

Gwalior répercuta le renseignement dans son émetteur, puis il renoua la conversation.

— Je pense de plus en plus que l'assassinat de Berquin n'avait rien à voir avec ses activités illicites...

Il dut donner un brusque coup de volant pour éviter une vache qui descendait d'un trottoir, enchaîna :

— Voyez Riquois. Personne n'a essayé d'attenter à sa vie.

— D'accord, mais pour moi, le meurtre a une signification.

— Laquelle ?

— Eh bien, s'il n'avait pas eu lieu, nous

n'aurions jamais su qu'on essayait de nous subtiliser certains dispositifs du moteur Viking.

Gwalior, légèrement interloqué, tourna un bref instant son regard vers le Français.

— Voulez-vous dire par là que, par ce moyen, on nous a, en quelque sorte, *informés ?*

— Ça m'en a tout l'air.

Le capitaine allait répliquer lorsqu'un appel signala que le jeune type s'était arrêté à un carrefour, et qu'il semblait attendre.

— Quel carrefour ? questionna Gwalior, abrupt.

— Au croisement de Mountbatten Road et de Camac Street.

— Okay. Nous en prenons le chemin.

Il raccrocha le micro, déclara :

— Dans ce métier, je ne crois pas aux cadeaux. Je vais vous confier, moi, une idée qui m'était venue et dont je voulais parler à Gobert. Même si elle vous déplaît, ne la rejetez pas sans examen.

— Allez-y.

— Je soupçonne votre compatriote Riquois d'être de mèche, depuis le début, avec le maître-chanteur.

— Hein ? fit Coplan désarçonné. Vous blaguez, ou quoi ?

— Pas du tout. Le fait que Riquois n'ait pas fait l'objet d'une tentative d'assassinat confirme mon impression.

— L'argument me paraît faible pour étayer votre théorie.

— Attendez. Supposez que Riquois ait été

contacté le premier par un espion étranger, qu'on lui ait offert une prime importante s'il fournissait quelques photos des systèmes de régulation. Après y avoir réfléchi, il n'a pas voulu se mouiller directement dans cette histoire, mais a suggéré qu'une pression soit exercée sur Berquin. Par l'enlèvement de sa femme, par exemple.

— Mais quels auraient été ses mobiles ?

— Toucher un paquet d'argent, faire liquider le mari et ensuite s'approprier son épouse. Le tout sans risque.

— Ça n'explique pas pourquoi Berquin a été descendu trop tôt.

— Bavure. Mauvaise coordination. Et si mes soupçons sont fondés, nous allons nous faire rouler. Tenez-vous le pari ?

Coplan ne put envisager une pareille vilenie de la part de Riquois.

— Vous oubliez qu'il m'a signalé la présence du magnétoscope, chez Berquin, et qu'ensuite il a identifié, au Centre, Mohammed Choudhury, objecta-t-il.

— Excellent moyen pour se dédouaner, rétorqua Gwalior. Il savait que le Moplah se volatiliserait avant qu'on lui mette le grappin dessus.

— Et sa coopération ultérieure ?

— Double jeu. Il pouvait se prêter à cette mascarade si, d'un autre côté, il en avisait le kidnappeur de Monique Berquin.

— Alors, à quoi sert ce déploiement de forces pour cavaler après un comparse ?

— Pour acquérir la certitude que Riquois nous a trahis, et l'arrêter dans l'heure qui suivra.

Le raisonnement de Gwalior paraissait valable, et pourtant Coplan demeurait sceptique. Mais à quoi bon discuter ? La suite des événements ne tarderait pas à les départager.

Justement, le haut-parleur diffusait une autre information :

— Un homme est passé à côté du jeune type et l'enveloppe a changé de mains.

— Sautez-leur sur le dos, coffrez-les tous les deux ! J'arriverai sur place dans moins de cinq minutes.

Le pied de Gwalior s'appesantit sur l'accélérateur et la jeep fit un bond en avant.

Coplan exprima son opinion :

— Je crois que vous avez tort. Moi, j'aurais prolongé la filature des deux individus.

— Pour leur donner une chance de nous échapper à la dernière seconde ? railla l'officier du C.B.I. Pas question. L'un ou l'autre va nous fournir des tuyaux, je vous en réponds.

Il n'y avait qu'à laisser courir. De fait, le temps pressait. La lumière du jour baissait considérablement, et l'obscurité aurait pu compliquer la besogne des policiers.

Fonçant à bride abattue, sirène en marche, dans les artères de la ville, la jeep ne mit pas longtemps à parvenir sur les lieux. Un attroupement indiquait qu'un incident venait de se produire.

Les deux occupants du véhicule descendirent,

le capitaine se fraya un passage dans la foule, avisa un de ses agents qui, ayant passé les bracelets au gars en vélomoteur, avait collé le suspect contre une façade et le gardait revolver au poing.

— Où est l'autre ? s'enquit Gwalior.

— Là-bas, dans Camac Street.

Effectivement, un deuxième groupe de badauds s'était formé à une cinquantaine de mètres de là. Le capitaine, toujours suivi par Coplan, s'y rendit à grands pas.

Un personnage à barbe blanche, âgé d'une soixantaine d'années, pauvrement vêtu, tenu en respect par un civil au faciès peu rassurant, avait les mains levées et arborait un faciès pétri d'anxiété.

— L'avez-vous déjà fouillé ? demanda Gwalior à son subordonné.

— Non, capitaine. J'ai préféré attendre que vous soyez là, sans quoi les gens m'auraient pris pour un voleur.

Hochant la tête, Gwalior s'approcha du vieillard, tâta rapidement ses oripeaux, localisa une épaisseur. En un tournemain, il subtilisa le paquet, une enveloppe de papier brun portant l'inscription « M. Kind ». Flagrant délit parfait.

Un peu fébrile, il décacheta le pli afin d'en montrer le contenu à Coplan et à l'inspecteur. Lorsqu'il en eut extrait les épreuves, les trois hommes signèrent. C'étaient de vulgaires cartes postales montrant les principaux monuments de Trivandrum !

Gwalior inspira profondément.

— Qu'est-ce que je vous avais dit ? jeta-t-il sur un ton acerbe à Coplan. Nous sommes refaits sur toute la ligne.

Puis, à son subordonné, en tamoul :

— Embarquez-moi ce client. Accompagnez-nous à la jeep.

***

Avant dix heures du soir, Gwalior avait fait procéder à un coup de filet. Voulant mener ses recherches tambour battant, il se disposait à interroger lui-même toutes les personnes impliquées, lesquelles se trouvaient, sous bonne garde, dans les locaux du quartier général de la police de Trivandrum.

Outre le jeune homme et le vieillard appréhendés dans la banlieue, il y avait aussi le marchand d'ivoires de Madras Road et Bruno Riquois. Par souci de courtoisie, le capitaine avait invité Gobert et Coplan à assister aux procédures de mise en accusation.

Il commença par le menu fretin : l'Indien à barbe blanche dont l'effarement faisait presque peine à voir. L'intéressé fit, quasi spontanément, une déclaration tellement bête qu'on pouvait la considérer comme sincère et véridique.

Un inconnu lui avait offert 50 roupies pour aller à un rendez-vous, au carrefour de Mountbatten Road et de Camac Street, où un garçon en vélomoteur — dont on lui avait donné le signalement — lui remettrait un paquet de cartes postales. Ces cartes, il devait les porter séance tenante à un vendeur de journaux opérant en face du n° 64 de Mascot Street. Point final. A l'affût de petits gains, le pauvre homme avait accepté.

Gwalior le fit remettre en liberté, ordonna la comparution du jeune gars. Même histoire. Moyennant 50 roupies, il devait passer à Madras Road, réclamer une enveloppe au nom de M. Kind et remettre 100 roupies au commerçant, puis se rendre immédiatement à Mountbatten Road pour la donner à un sexagénaire à barbe blanche. Jamais, auparavant, il n'avait vu l'auteur de cette proposition. Trop content de se procurer un peu d'argent de poche, il s'était acquitté de la commission.

— Foutez-le dehors, enjoignit l'officier à l'un des inspecteurs. Amenez-moi maintenant ce type du bazar.

Le petit boutiquier à lunettes s'appelait Sharma. Manifestement mal à l'aise, il multiplia les marques de déférence : entré dans le bureau, il salua à l'indienne, avec de profondes courbettes, chacun des assistants.

— Vous, vous devez parler l'anglais, lui dit Gwalior, fatigué de traduire les propos des témoins précédents.

— Oui, Sahib.

Le masque empreint de sévérité, le capitaine attaqua d'une voix sèche :

— Qu'est devenue l'enveloppe que vous a apportée un Européen à 7 heures du soir ? N'essayez pas de mentir : nous savons qu'elle ne renfermait pas des cartes postales, et que ce n'est donc pas celle que vous avez délivrée au jeune garçon qui sort d'ici.

Blafard, Sharma balbutia :

— J'ignore ce qu'elles contenaient, l'une et l'autre.

— Comment ? Vous en aviez deux en dépôt ?

— Oui, parfaitement, Sahib. La première m'avait été apportée dans l'après-midi.

— Par qui ?

— Par un Moplah. Je ne sais pas qui c'était. Il avait une mine qui inspirait confiance. Ce qu'il m'a demandé était un peu bizarre, mais cela n'avait rien de malhonnête. Les temps sont durs, Sahib. Un pauvre commerçant comme moi ne peut s'abstenir de rendre service, surtout si cela lui rapporte quelques roupies.

— Que vous a-t-il dit, au juste ?

— Qu'un Blanc viendrait me confier une seconde enveloppe, identique, dans la soirée. Lorsqu'un jeune garçon se présenterait, je devais lui remettre la première, sans me tromper. La seconde, quelqu'un viendrait la chercher vers huit heures et demie.

— *Et on est venu ?* demanda Gwalior en ayant le sentiment que la question était inutile.

— Oui, Sahib. Alors, j'ai encore touché 200 roupies.

Coplan et Gobert échangèrent un regard découragé. Ainsi, pendant que la police s'élançait sur une fausse piste, un inconnu était tranquillement venu récupérer les photos. L'opération avait été orchestrée avec une étonnante maîtrise.

Gwalior, qui voyait se réaliser ses prévisions, n'en paraissait pas affecté.

— Faites-moi une description détaillée du Moplah et de l'homme qui a emporté la seconde enveloppe, dit-il au marchand tout en se préparant à noter ses paroles. Gare à vous si vous tentez de m'induire en erreur : tôt ou tard, nous leur mettrons la main au collet. Vous risquez d'être inculpé de complicité dans un détournement de secrets de la défense nationale, je vous préviens.

— Mais... mais... bégaya Sharma, horrifié, je ne...

— Du calme. Rassemblez vos esprits, tâchez d'être aussi précis que possible.

Le petit bonhomme eut recours à certains préceptes du yoga pour reprendre le contrôle de soi. Pendant quelques secondes, il demeura immobile, les yeux fermés, réprimant ses battements de cœur et respirant moins vite. L'officier indien s'abstint de l'énerver, encore qu'il eût du mal, lui-même, à tempérer son impatience : chaque minute qui passait pouvait être fatale à Monique Berquin.

Enfin, Sharma parla :

— Le premier était un bel homme imberbe d'environ 30 ans, nu-tête, ayant le teint et la physionomie d'un Moplah. Une taille d'un mètre soixante-quinze au moins, vigoureux, les mains fortes. Habillé d'une chemise bleu clair et d'un pantalon beige.

— Pas de signes particuliers ? De tatouages ?

— Heu... Il ne m'a pas semblé. La coupe de ses cheveux noirs était moderne.

— Avait-il les bras nus ?

— Oui.

— Rien sur le poignet gauche ?

— Si. Une belle montre en or sans aiguilles.

— Décrivez-moi ses yeux, son nez, ses oreilles, ses sourcils.

Gwalior inscrivit au fur et à mesure ; indubitablement, il ne pouvait s'agir de Mohammed, mais sans doute d'un des autres Moplahs figurant sur la bande magnétique de la vidéocassette.

— Avez-vous eu l'impression que vous aviez affaire à un homme cultivé ?

— Oui, certainement.

— Comment qualifieriez-vous son timbre de voix ? Plutôt élevé, grave, posé, ou bien rauque, étouffé, sans couleur.

La figure du commerçant traduisit de l'embarras.

— Normale, agréable, jugea-t-il.

Le capitaine, empoignant son téléphone, transmit le signalement à l'un de ses collègues, prescrivit l'interpellation immédiate du personnage si on le découvrait dans la ville.

Puis il enchaîna :

— Et l'autre, le second soi-disant M. Kind ?

— Oh, celui-là avait moins bonne figure. Vêtu d'une robe brune, il marchait pieds nus, avait les cheveux cachés sous un turban pas très propre. Il avait un air méchant, sa taille dépassait aussi la moyenne.

— Est-ce que ses pieds ne présentaient pas une particularité ?

— Je ne l'ai pas remarqué. Il n'est resté qu'un court instant dans mon magasin, juste le temps de l'échange.

— Dépeignez ses traits.

— Une face maigre, allongée, avec une grosse moustache, des lèvres minces, un nez droit. Un musulman, sans l'ombre d'un doute. Il portait une boucle d'oreille en or.

Coplan sourcilla imperceptiblement. Il se souvenait : le type monté sur une moto japonaise, la veille, près du domicile de Riquois, était vêtu d'une robe brune et possédait une boucle d'oreille. Captés au vol, ces détails lui étaient restés gravés dans la mémoire.

Gwalior transmit d'autres instructions par téléphone, s'adressa ensuite à l'inspecteur qui avait escorté le vendeur d'ivoires sculptés :

— Incarcérez-le. Il doit rester à ma disposition jusqu'à nouvel ordre. Quand vous passerez dans la salle d'attente, faites-moi envoyer le témoin Riquois.

CHAPITRE XI

Lorsque l'ingénieur pénétra dans le bureau, ses traits reflétaient le plus grand désarroi. Il lança un regard interrogateur à ses deux compatriotes, l'air de leur demander s'ils étaient pour quelque chose dans son arrestation. Mais Coplan et Gobert restèrent de marbre.

Le capitaine Gwalior ne prit pas de gants :

— M. Riquois, vous êtes inculpé d'intelligence avec une bande de malfaiteurs coupables de kidnapping et de tentative de détournement de secrets industriels. Seule la plus grande franchise pourrait vous valoir des circonstances atténuantes. Quand avez-vous été contacté pour la première fois par les ravisseurs de Mme Berquin ?

Le visage de l'interpellé se décolora.

— Mais... il y a trois jours. Je l'ai signalé immédiatement à ces messieurs. Qu'est-ce qui vous permet de porter sur moi une accusation aussi... aussi grotesque ?

— Allons, ne faites pas le malin. Reconnaissez que vous avez désigné Jérôme Berquin à l'attention de ces gredins parce qu'il était le plus vulnérable parmi les ingénieurs qui travaillent au bureau d'étude du V.S.S.C. Cela, vous étiez le mieux placé pour le savoir.

— Enfin, c'est invraisemblable ! s'exclama Riquois, furieux. Vous savez pourtant que j'ai coopéré du mieux que j'ai pu pour qu'on retrouve son épouse !

— Parce que vous éprouvez pour elle une passion inavouable, depuis longtemps. Mais, en réalité, vous nous avez aiguillés sur de fausses pistes, car vous saviez pertinemment que la jeune femme serait remise en liberté par ses ravisseurs dès qu'ils auraient les photos du Viking. Cette vidéocassette ne présentait, sur le plan policier, aucun intérêt.

— Elle nous a tout de même appris que Monique Berquin n'était pas à Ceylan, et qu'on se servait d'elle pour obliger son mari à photographier des dispositifs très complexes du moteur. Si j'avais été le complice des auteurs du rapt, je n'aurais rien dit, ça tombe sous le sens !

Il dirigea vers Coplan et Gobert une expression qui recevait un appel au secours. Mais Gwalior n'en démordait pas.

— Cette prétendue agression à votre domicile, qu'est-ce qui nous prouve qu'elle a eu lieu ? Vous vous êtes tout bonnement mis d'accord avec ces espions, *en vous ménageant d'avance un alibi.* Car vous espériez bien, n'est-ce pas, qu'on vous laisserait emporter du Centre les clichés authentiques pour obtenir la libération de Monique Berquin ?

Effaré, indigné, Riquois ne savait plus où donner de la tête. Il se sentait invinciblement acculé à démontrer son innocence, et il n'en avait pas les moyens.

— Dépêchez-vous, intima le capitaine. Livrez-moi tout de suite le pseudonyme de votre correspondant et son numéro de téléphone. Vous nous avez roulés, d'accord, mais lui va vous rouler aussi, et cette malheureuse jeune femme va le payer de sa vie.

L'ingénieur protesta :

— Mais comment voulez-vous... Je ne sais rien ! Je n'ai jamais dû appeler un numéro de téléphone !

Sortant soudain de son mutisme, Coplan intervint :

— Je crois que nous perdons un temps précieux, capitaine. Songez que Riquois aurait pu garder le silence, et renouveler la tentative de Berquin sans mettre en branle tout l'appareil policier, s'il avait été de connivence avec ceux qui ont fait chanter son ami. Or, grâce à lui, nous possédons le signalement complet de quelques-uns de ces bandits, ce qui n'est pas négligeable.

Quelque peu fâché de voir interrompre l'interrogatoire, Gwalior répliqua sur un ton acide :

— Si vous voyez une meilleure manière de conduire l'enquête, dites-le-moi.

Coplan alluma posément une Gitane, souffla un nuage bleuté.

— Nous avons été tellement absorbés par les événements de ces derniers jours que nous avons manqué de recul pour apprécier la situation, déclara-t-il calmement. Au lieu de gesticuler dans tous les sens, nous aurions mieux fait d'interpréter les quelques indices dont nous disposions.

— Ah oui ? fit Gwalior avec un scepticisme railleur. Eh bien, ne tardez pas à le faire, car l'heure avance.

— Je ne serai pas long, promit Coplan. Commençons par dresser un profil du type qui a monté cette machination, une sorte de portrait robot de sa personnalité. Il s'exprime parfaitement en anglais avec un accent qui n'est pas d'ici. Ses propos dénoncent une réelle culture. Il est fortuné, dispose d'une grande propriété puisque sa prisonnière a pu être filmée en plein air. Il s'est entouré d'une équipe de musulmans et détient des produits aphrodisiaques. La cassette prouve qu'il s'agit d'un maniaque sexuel, voyeur par surcroît. Enfin, il a jeté son dévolu sur un ingénieur français, non sur un Hindou.

— Très juste. Mais, pratiquement, que déduisez-vous de tout cela ?

— Eh bien, dans une ville comme Trivandrum, ce doit être un personnage en vue. Peut-être à la tête d'une entreprise de produits médicamenteux. Musulman lui-même, et ennemi de l'Inde. Cela ne commence-t-il pas à dessiner une silhouette ?

— Pas très clairement, jugea Gwalior, impassible.

Coplan, tirant une autre bouffée de sa cigarette, poursuivit :

— Le Pakistan ne possède pas encore de fusées à carburant liquide. Or, récemment, un chargement d'U.D.M.H. est arrivé à Karachi.

L'officier du contre-espionnage indien se rembrunit et ses yeux noirs de jais lancèrent un regard percutant.

— Insinuez-vous que notre adversaire pourrait être un agent pakistanais ?

— Selon toute probabilité, oui. Il a dû se dire qu'un Européen se montrerait plus malléable qu'un Indien nationaliste, étant donné la haine qui règne depuis la guerre de 1971 entre l'Inde et le Pakistan.

Gwalior s'échauffait graduellement.

— Oui, votre raisonnement peut se défendre, concéda-t-il. Mais où est l'indice tangible qui nous permettrait *d'agir ?*

— J'y viens. Nous nous sommes braqués sur la cassette, nous avons essayé d'en tirer le meilleur parti. Avouons-le : elle nous a littéralement obnubilé l'esprit, à tous, au point que nous avons perdu de vue l'essentiel : *le magnétoscope.*

Gobert, Riquois et le capitaine fixèrent Coplan avec une incompréhension totale.

— Mais oui, reprit l'agent du S.D.E.C. Cet appareil tout neuf et coûteux n'a certainement pas été acheté par Berquin : il lui a été fourni pour qu'il puisse visionner le message. Selon moi, il ne doit pas exister dans la ville plus d'un ou deux magasins qui vendent des équipements de marque

« Luxamax » avec caméra et prise de son. Essayez de savoir immédiatement à qui un pareil équipement a été vendu au cours des dernières semaines. Si vous tombez sur un riche musulman, vous aurez une sérieuse chance d'épingler le coupable que nous cherchons.

— Bon sang ! C'est vrai ! s'exclama Riquois. Voilà pourquoi le type a voulu récupérer le magnétoscope... Une facture a dû être établie à son nom !

Gwalior proféra quelque chose qui devait être, en tamoul, en hindi ou en malayalam, un terrible juron. L'évidence crevait les yeux, au point d'avoir rendus aveugles tous les enquêteurs.

Une fois de plus, le capitaine saisit son téléphone et se mit en rapport avec un officier supérieur de la *Kerala State Police.* Il dut transmettre à ce dernier les propos du délégué français ainsi que ses conclusions. Puis, d'une voix hachée, il posa une série de brèves questions, nota les réponses sur une feuille de papier.

La conversation dura plusieurs minutes, le correspondant devant lui-même consulter fichiers, documents et subordonnés.

Enfin, Gwalior raccrocha, la mine plus sereine. Il dit à son auditoire :

— Ça prend tournure. Il y a effectivement, dans la ville, un personnage qui correspond assez bien au profil que M. Coplan a esquissé : c'est le directeur d'une firme de produits pharmaceutiques, et il mène grand train : Rolls-Royce, chevaux de course, avion personnel. Un jouisseur notoire. Il a vu le jour à Rawalpindi, au Pakistan, mais il a opté pour la nationalité indienne lors de la partition. Qui plus est, la police possède une fiche à son nom parce qu'il engage des prostituées à venir chez lui pour participer à des divertissements collectifs. Parmi elles, une indicatrice a renseigné la Division des mœurs. L'homme s'appelle Khawaja Watto. Nous ne pouvons toutefois pas effectuer une descente chez lui à cette heure, sans la moindre preuve.

— Relevez le numéro de série du magnétoscope, suggéra Coplan. Où vend-on ce matériel électronique ?

— Dans un seul magasin, à Vellayani Road. C'est le concessionnaire exclusif de la marque « Luxamax ». Il sera fermé, mais nous y allons quand même. M'accompagnez-vous ?

— J'allais vous le demander. Et notre ami Riquois ? Tenez-vous à ce qu'il poireaute encore dans vos locaux ?

— Non, il peut filer, grommela l'officier, bon prince.

Il distribua quelques ordres à ses subordonnés sur un ton incisif qui révélait sa tension intérieure, n'omit pourtant pas de noter sur son calepin le numéro de l'enregistreur. Puis, fourrant son gros revolver dans la gaine accrochée à son ceinturon, et s'étant coiffé de sa casquette, il donna le signal du départ.

A peine sa jeep se fut-elle élancée dans la direction de Vellayani Road, que Gwalior dit à son passager :

— Pour ne pas perdre de temps, j'ai déjà envoyé une escouade d'inspecteurs autour du domicile de ce Watto. Ils ont simplement pour consigne d'exercer une surveillance discrète, mais d'intercepter toute personne ou tout véhicule qui en sortirait.

— Bonne précaution, approuva Coplan.

La voiture fonça dans l'air tiède de la nuit, son conducteur ne lésinant pas sur les coups d'avertisseur. Il y avait de l'orage dans l'air : de gros nuages passaient dans un ciel qu'illuminaient parfois de grands éclairs silencieux. La montre du tableau de bord marquait onze heures et demie.

Au bout d'une vingtaine de minutes, le véhicule stoppa devant un magasin de radio, chaînes Hi-Fi et téléviseurs, dont la vitrine était protégée par un fort grillage métallique. Priant le ciel que le propriétaire habitât à l'étage du même immeuble, le capitaine appuya du doigt, de la façon la plus insistante, sur le bouton de sonnerie.

Peu après, de la lumière apparut à l'une des fenêtres, et celle-ci s'ouvrit. Une silhouette se pencha, lança une question.

Gwalior répondit en malayalam :

— Police ! Il me faut un renseignement, sur-le-champ. Une vie humaine en dépend. Descendez et ouvrez-nous.

La vue de l'uniforme dut rassurer le commerçant, qui marmonna quelques mots avant de refermer la fenêtre. Stimulé par la voix autoritaire du représentant de l'ordre, il s'empressa d'enfiler une robe de chambre soyeuse et de se précipiter dans l'escalier.

A peine eut-il déverrouillé la porte que l'officier indien l'apostropha :

— Comptez-vous parmi vos bons clients un dénommé Khawaja Watto ?

— Oui, Sahib, reconnut l'homme, aussi inquiet qu'ébahi. Entrez, je vous prie.

Introduits dans le couloir, les deux visiteurs purent accéder à l'arrière-boutique par une porte située au fond.

— Nous voulons jeter un coup d'œil sur vos factures de ventes, enchaîna Gwalior. M. Watto n'a-t-il pas acheté chez vous tout un ensemble d'enregistrement vidéo ?

— Heu... C'est-à-dire que... Oui, en fait.

— Ne vous troublez pas. Ça n'a rien d'illicite. Qu'est-ce qui vous fait hésiter ?

Le commerçant les précédait, s'effaçait pour les laisser pénétrer dans une sorte de bureau encombré de classeurs, de paperasses et de cartons vides.

— Eh bien, M. Watto m'avait effectivement acheté un équipement complet il y a deux mois environ, et il est revenu pour acquérir un deuxième enregistreur, sans caméra celui-là, tout récemment. Je ne me souviens pas de la date exacte.

— Montrez-nous cette facture-là.

Tandis que le commerçant, plutôt désemparé par cette démarche inhabituelle, entreprenait de consulter les feuillets rangés dans un classeur,

Gwalior traduisit sa réponse pour Coplan. Enfin, ils tenaient un fil solide.

Mis en possession de la facture, ils purent vérifier le numéro qui est imprimé à l'arrière du capot de ces appareils en vue de leur dédouanement. Il correspondait à celui du magnétoscope trouvé chez Berquin, la boucle était bouclée.

— Je saisis ce document, dit Gwalior tout en pliant la facture en quatre pour la glisser dans sa poche de chemise. Il constitue une pièce à conviction. Je vais vous en donner une décharge, pour le cas où l'administration fiscale vous le demanderait. J'appartiens au C.B.I. et mon bureau se trouve au quartier général de la Police d'Etat.

Soulagé, le propriétaire du magasin d'électronique s'empara du récépissé, reconduisit avec force courbettes le fonctionnaire de police et son alter ego, sans songer un quart de seconde à protester contre cette visite irrégulière.

— Méfiez-vous, lui dit encore Gwalior en adoptant un air rogue. Votre ligne téléphonique est sur table d'écoute. N'essayez pas de prévenir ce fastueux client, sinon il vous en cuira.

— Oh non ! se récria l'intéressé. Je ne demande qu'à aider la justice. Mais pourquoi...

Gwalior coupa :

— Ceci ne vous concerne pas. Bonsoir.

Avec Coplan, il se réinstalla dans la jeep et donna enfin libre cours à sa jubilation :

— L'affaire est dans le sac. Désormais, nous sommes couverts. Il n'y a plus qu'à mettre la main au collet de ce sinistre individu. Il doit être en train de se figurer qu'il nous a bien possédés, mais son réveil sera pénible, je vous le garantis.

— Je n'en doute pas. Néanmoins, ne perdez pas de vue qu'il détient un otage.

La jeep repartit avec un grondement de moteur infernal.

***

La demeure de Khawaja Watto s'édifiait à mi-hauteur d'une colline à pente très douce, au milieu d'un magnifique jardin entouré lui-même par un parc de palmiers. La propriété n'était clôturée que par un léger grillage destiné uniquement à la protéger contre les incursions de vaches et de chiens errants. A sa droite, en contrebas et sur un grand terrain gazonné, se dressaient deux édifices modernes, bas, allongés, qui abritaient les laboratoires, ateliers de fabrication et d'emballage de la firme pharmaceutique dont l'enseigne au néon restait allumée toute la nuit : « Kerachemic Ltd ».

Ce petit complexe industriel s'élevait à proximité de la route qui va de Trivandrum à Tirunelveli en décrivant un large crochet vers le nord. Il n'y avait pas d'autres habitations, ni d'entreprises, dans le voisinage immédiat ; donc pas d'endroits où se dissimuler pour surveiller les approches de la résidence, une grande et ancienne maison patricienne avec terrasses, colonnettes, toits de bois ouvragés.

Les policiers en civil dépêchés par Gwalior

avaient donc dû se poster en deçà et au-delà de la portion de route constituant la façade du domaine de Watto.

Gwalior et Coplan, après avoir opéré leur jonction avec un des inspecteurs, purent se rendre compte de la topographie des lieux.

— Pas d'entrées ni de sorties de personnel ? s'informa le capitaine, le masque soucieux.

— Non. Aucun mouvement depuis que nous sommes arrivés.

Il s'agissait, impromptu, d'élaborer une tactique susceptible d'atteindre, avec le minimum de casse, deux objectifs principaux : épingler le détenteur des documents supposés secrets et délivrer Monique Berquin. Pour autant que cette dernière fût séquestrée dans l'un des édifices ou qu'elle n'eût pas été exécutée entre-temps.

Une attaque en force pouvait évidemment surprendre l'adversaire par son ampleur et sa rapidité. Mais elle risquait aussi de provoquer le résultat inverse, à savoir une résistance désespérée ne reculant devant aucune extrémité.

Aux prises avec cet épineux problème, le capitaine Gwalior éprouva le besoin de faire le point, d'autant qu'il avait une responsabilité morale à l'égard des Français. Le faux pas qu'il avait commis dans la soirée suffisait largement.

— Si je me présente à la porte, en tenue et excipant de mes pouvoirs, ça peut déclencher du grabuge, supputa-t-il. Entre la démarche officielle, pratiquée selon les règles, et un assaut sans préavis, il doit y avoir un moyen terme. Qu'en pensez-vous ?

— Je suis de votre avis, dit Francis. Il faudrait essayer, d'abord de semer le désarroi dans l'esprit du bonhomme afin de paralyser ses réactions.

— D'accord, mais comment ?

Coplan hocha la tête.

— Pouvez-vous, par l'émetteur de votre jeep, être raccordé au réseau téléphonique urbain ?

— Bien sûr. Et ensuite ?

Coplan le regarda bien en face.

— Je ne veux en aucune façon empiéter sur vos prérogatives, mais êtes-vous disposé à me laisser les coudées franches ?

— Peut-être, admit Gwalior, intrigué. A condition toutefois que vous me dévoiliez vos intentions. Je ne tiens pas à avoir votre mort sur les bras, en plus.

— L'opération comporte des dangers, quelle que soit la solution qu'on choisisse. Je peux seulement vous promettre que je tâcherai de les réduire à une probabilité acceptable.

— D'accord, mais quel est votre projet ?

— Offrir un marché à ce type. Un marché qui me permettra de m'introduire dans son repaire. Au moment où j'estimerai que votre intervention peut se produire, je vous en avertirai par un coup de feu.

L'officier, indécis, repoussa sa casquette en arrière pour se gratter le front.

— Votre formule ne me plaît pas beaucoup, avoua-t-il sans ambages. Vous laisser participer physiquement à ce genre d'histoire serait tout à fait illégal. Du moins, sans l'autorisation expresse de la plus haute autorité du service.

— Eh bien, demandez-la à New Delhi, proposa Coplan, ironique. Vous la recevrez peut-être dans trois jours. Mais, bon Dieu, réalisez que nous sommes sur le terrain ! Il faut faire vite. Sachez aussi que je ne suis pas un novice, et que je n'ai pas la moindre envie de me faire descendre. Prêtez-moi un pistolet, c'est tout ce que je vous demande. Après tout, cette affaire me regarde autant que vous, non ? On ne m'a pas envoyé de Paris pour arroser des chrysanthèmes.

Par une de ces sautes d'humeur dont il était coutumier, Gwalior prit brusquement sa décision.

— Okay, opina-t-il comme s'il allait se jeter dans un précipice. Vous l'aurez voulu. C'est à vos risques et périls, mais je me réserve d'intervenir quand je le jugerai bon, signal ou pas.

Il reflua vers la jeep, décrocha le micro. Lorsqu'il fut branché sur le réseau, il appela les renseignements pour avoir le numéro de l'abonné résident au 647 de Tirunelveli Road, un nommé Watto. Ensuite, il pria la centrale radio de lui passer ce numéro.

La sonnerie résonna longuement. Enfin, on décrocha. Gwalior tendit le micro à Coplan, qui avait pris place entre-temps sur l'un des sièges du véhicule.

— *I want to speak with M. Watto, at once.*

— *Who are you ?*

— *M. Coplan, from Paris.*

— *I am Watto,* articula une voix que Coplan reconnut aussitôt, celle du commentateur de la bande magnétique. *Why do you ring me up ?*

Le type n'avait vraiment pas l'air d'être content, à en juger par son ton abrupt. Coplan poursuivit en anglais :

— Je désire vous voir immédiatement, chez vous.

— A cette heure ? Mais dans quel but ?

— Vous proposer une transaction. Votre sécurité en dépend, M. Watto. Si vous n'acceptez pas de me recevoir, cela pourrait avoir de très fâcheuses conséquences pour vous.

Son correspondant devait avoir l'impression que le ciel lui tombait sur la tête. On entendait distinctement sa respiration sifflante. Néanmoins, il plastronna :

— Essayeriez-vous par hasard de me faire chanter ?

— Exactement, dit Coplan. Je suis au courant de pas mal de choses. Assez pour vous envoyer en prison pendant vingt ans. Un bon arrangement constituerait peut-être la meilleure solution, vous ne pensez pas ?

Nouveau silence. Retors comme il l'était, l'homme devait déjà chercher une parade, une traîtrise quelconque.

— Très bien, capitula-t-il. Dans combien de temps dois-je vous attendre ?

— Dans moins de dix minutes. Et soyez persuadé que j'ai assuré mes arrières. *Bye.*

Coplan remit le micro dans son logement, dit à Gwalior :

— C'est réglé. Le sympathique Watto va me recevoir à bras ouverts.

Le capitaine lui décerna un coup d'œil imprégné d'une camaraderie bougonne.

— Vous vous faites des illusions, rétorqua-t-il sarcastiquement. A moins que ce *rascal* soit aussi, en plus, un pédé. Enfin, voici une arme, et que Vishnou vous protège.

CHAPITRE XII

Coplan reconnut d'emblée, en l'homme qui lui ouvrit la porte, le personnage décrit par Sharma comme étant celui qui était venu lui apporter la première enveloppe (celle contenant les cartes postales) et lui donner des instructions pour la suite : la trentaine, l'air avantageux, grand, portant une chemise bleu clair et un pantalon de toile beige.

— Entrez, dit le Moplah. Je suis le secrétaire de M. Watto.

Coplan pénétra dans la luxueuse résidence, embrassa du regard la configuration du vaste salon dans lequel son cicérone l'introduisait : deux percées, masquées par des tentures, permettant d'accéder à d'autres pièces, un escalier d'acajou finement sculpté menant à une galerie circulaire. Tapis, meubles et œuvres d'art de style mongol.

— Asseyez-vous, je vous prie, invita l'espèce de play-boy à la coiffure occidentale. Avant de déranger M. Watto, il faudrait que vous m'exposiez très nettement les termes du marché. Je jugerai ensuite de l'opportunité d'une entrevue.

Il s'exprimait en anglais, admirablement, avec la suffisance de ceux qui ont fréquenté Oxford ou Cambridge. Son visage ne révélait pas la moindre contrariété.

— C'est très simple, prononça Coplan. Vous me restituez les photos, vous me faites cadeau de la deuxième vidéocassette et vous me laissez emmener Monique Berquin.

— En échange de quoi ?

— De rien.

Le flegme et l'assurance apparente de l'Indo-Arabe furent quelque peu ébranlés par cette réponse lapidaire.

— Vous voulez rire ? s'enquit-il en esquissant un rictus qui se voulait narquois.

Coplan fit un signe négatif.

— Détrompez-vous. C'est ma dernière offre. Je dois avoir une avance d'une demi-heure sur la police indienne, pas davantage. Si vous acceptez, vous aurez tout juste le temps de filer. On finira sans doute par vous rattraper, mais vous n'écoperez que d'une peine minimum.

Son interlocuteur le fixa longuement, cherchant à deviner si l'Européen bluffait ou non. En fin de compte, il jugea plus prudent d'en référer à son chef.

— Un moment, dit-il. Je vais prévenir M. Watto. Restez où vous êtes, sinon vous vous attirerez des ennuis.

Coplan haussa les épaules, indifférent. Il se

doutait qu'on devait l'observer, et que Watto n'avait pas dû perdre une parole du dialogue.

Moins de dix secondes plus tard, l'élégant Moplah réapparut en compagnie d'un quinquagénaire corpulent, plus petit, barbu et moustachu, au faciès courroucé.

— Comment êtes-vous remonté jusqu'à moi ? interrogea Watto sur un ton agressif, sans chercher des faux-fuyants.

— Par le magasin où vous avez acheté le magnétoscope, dévoila Coplan. Un capitaine du C.B.I. doit être en train, en ce moment, d'éplucher les factures. Il va foncer à votre adresse dès qu'il aura découvert la bonne.

Watto serra les mâchoires, maudissant sa propre stupidité. Mais il ne se tint pas pour battu.

— Iskander ! Amène-la ! cria-t-il à la cantonade, en malayalam.

Puis, sarcastique, à Coplan :

— Merci de m'avoir renseigné. Je vais pouvoir emmener deux otages au lieu d'un.

Le prétendu secrétaire avait soudainement tiré de sa poche un automatique qu'il braqua sur le visiteur en grondant :

— Ne bougez pas d'un millimètre. Maintenant, c'est vous qui allez écouter nos conditions.

Sur ces entrefaites, une tenture s'était relevée pour céder le passage à une jeune femme échevelée que poussait devant lui un escogriffe en robe brune, maigre, coiffé d'un turban plat, et dont la main droite serrait le manche d'un poignard recourbé.

Monique Berquin, livide, les yeux emplis d'effroi, dénombra les occupants de la pièce et posa un regard paniqué sur Coplan, ne sachant pas s'il fallait le considérer comme un allié ou un adversaire de plus. Un quart d'heure auparavant, elle avait crié de volupté parce que l'affreux Iskander la sodomisait lentement tout en lui agaçant le clitoris d'un doigt expert, mais il lui avait confié à l'oreille qu'il devrait l'exécuter bientôt. Allait-il donc l'immoler devant ces spectateurs ?

Watto ricana :

— Soyez beau joueur, M. Coplan. Levez les bras et laissez-vous fouiller sans résistance, sinon la fille aura la gorge tranchée comme nous l'avions promis à Riquois.

Francis avait évalué la situation. Un seul des trois Moplahs manquait à l'appel : Mohammed. Mais celui-là avait probablement déjà trouvé un autre refuge. Il ne devait y avoir personne d'autre dans la maison.

— Vous faites l'imbécile, déclara Coplan à Watto d'une voix nette. Au lieu de sauter sur l'occasion que je vous offrais, vous multipliez les risques d'être pendu. Faites relâcher cette pauvre fille. Vous ne voyez donc pas qu'elle s'évanouit ?

Les yeux de Watto et de son second déviérent vers la captive. Un coup de feu éclata. Touché à l'estomac, Elahi se mit à tituber, incapable de presser la détente de son arme. La détonation avait pétrifié Watto, Monique et Iskander. Mais ce dernier, abrité derrière la jeune femme, reprit vite son sang-froid et amena d'un geste vif son poignard sous le menton de l'Européenne. Au prix d'un ultime effort, Elahi parvint à braquer à nouveau son pistolet vers Coplan, lequel dut l'achever d'une deuxième balle, tirée en pleine face cette fois.

Puis Francis se tourna vers Iskander en vue de lui loger un projectile dans l'épaule et de l'empêcher d'égorger Monique. Mais le métis, se recroquevillant derrière elle, s'en servait comme d'un bouclier.

Watto, qui avait levé les bras, clama d'une voix apeurée :

— D'accord ! J'accepte vos exigences ! Iskander, ne la tue pas !

Or un troisième coup de feu retentit, et il ne provenait pas de l'arme de Coplan. Foudroyé par une balle dans la tempe, Iskander s'effondra, entraînant Monique Berquin dans sa chute.

Devenu blafard, Watto considéra l'Européen avec stupeur. Il l'avait vu, lui, que ce n'était pas Coplan qui avait tiré. Ce dernier, attribuant la liquidation du Moplah à une intervention des hommes de Gwalior, n'en fut que plus abasourdi lorsqu'il vit surgir, de derrière une des tentures, un inconnu en gandoura qui jeta immédiatement sur le tapis le pistolet avec lequel il venait d'expédier Iskander dans l'autre monde.

Coplan repéra un tatouage en forme de roue sur le poignet gauche de ce métis avant même que Watto, furibond, se fût exclamé :

— Mohammed !

L'interpellé ne le regarda pas mais il dit à Coplan :

— Il fallait que j'abatte Iskander, sans quoi il aurait coupé la tête de la fille. Mais mon intention était surtout de vous protéger, vous, en cas de besoin. Je n'aurais pas permis à Elahi de vous désarmer, sachez-le. J'espère que vous m'en tiendrez compte.

Gwalior et ses inspecteurs montaient à l'assaut de la résidence en cassant des vitres et en défonçant des portes.

Le tableau qui se présenta à leur vue freina leur élan : deux corps allongés sur le sol perdaient du sang en abondance, une femme hébétée et privée de force essayait péniblement de se remettre sur ses jambes, Coplan, le masque fermé, tenait le canon de son 7.65 pointé vers le sol et les deux Orientaux qui lui faisaient face gardaient leurs mains croisées dans la nuque.

— Eh bien, fit Gwalior assez ahuri, voilà ce qu'on peut appeler de la belle ouvrage. Votre compatriote est saine et sauve, à ce que je vois. Comment avez-vous fait pour réunir toute la bande dans cette pièce ?

Machinalement, Francis lui restitua le 7.65, préleva une cigarette de son paquet de Gitanes, l'alluma, puis répondit :

— Attendez vous n'êtes pas encore au bout de vos surprises. Mohammed Choudhury, ici présent, et aux trousses duquel nous étions lancés, n'est autre qu'un agent double. Je crains fort qu'il soit pour quelque chose dans l'assassinat de Jérôme Berquin. N'est-ce pas, Mohammed ?

L'interpellé, baissant la tête, garda le silence tandis que Watto le contemplait haineusement. L'industriel venait de comprendre pourquoi tant de ratages avaient jalonné son entreprise.

***

Dans les moments qui suivirent, la résidence fut perquisitionnée de haut en bas. Appelés sur place, des inspecteurs de l'identité judiciaire vinrent prendre une série de photos destinées à fixer la position des cadavres d'Iskander et d'Elahi.

Watto et Mohammed, menottes aux poignets, attendaient d'être emmenés en prison.

Coplan se préoccupa de Monique Berquin : épuisée, au bord de la crise de nerfs, elle avait du mal à se rendre compte qu'elle venait d'être délivrée.

Dans une armoire montée sur colonnettes, Francis dénicha une carafe de whisky. Il en versa une petite quantité dans un verre qu'il tendit à la jeune femme en disant :

—Buvez, ça vous remettra. Il faut que vous teniez le coup.

Elle eut un pâle sourire, dévisagea son interlocuteur et prononça :

— Vous entendre parler français me fait déjà un bien immense. Qui êtes-vous ?

— Un enquêteur envoyé de Paris pour retrouver votre trace. Je m'appelle Francis Coplan.

L'expression de Monique se modifia.

— Vous avez arrêté mon mari ? s'enquit-elle, accablée. Mais ce n'est pas sa faute, vous savez. *Ils* l'ont obligé à...

— Je sais, coupa Francis. Nous en reparlerons plus tard.

Dans l'état de choc où elle se trouvait, il eût été criminel de lui apprendre la vérité.

Monique but un peu d'alcool, et soudain elle rougit.

— Vous... vous avez visionné les vidéocassettes qu'ils lui ont envoyées ?

— La première seulement. Elle suffit à atténuer notablement la responsabilité de votre époux.

L'embarras de l'intéressée s'accrut encore. Elle baissa les yeux, ayant l'air de ne pas savoir où se mettre.

— Fumez-vous ? demanda Coplan tout en lui présentant son paquet de Gitanes.

Elle prit une cigarette, en dirigea le bout au-dessus de la flamme du briquet. L'idée que l'homme auquel elle parlait l'avait vue en train de faire l'amour avec les Moplahs la gênait passablement.

— Ils m'avaient droguée, spécifia-t-elle après avoir soufflé de la fumée.

— Je n'en doute pas. Il faudra aussi que vous me racontiez comment ils vous ont enlevée. Mais pas avant que vous soyez remise de vos émotions. Pour l'instant, nous avons des tâches plus urgentes à remplir.

De fait, le capitaine Gwalior s'approchait d'eux. Il tenait dans la main une cassette emballée dans son étui et l'enveloppe contenant les photos réalisées par Gobert.

— Voilà tout ce qu'on a découvert, annonça-t-il avec une mine désappointée. Pas de radio, pas de code, pas de documents. En revanche, la chambre où Mme Berquin a été détenue, ainsi que le studio d'enregistrement, ont été localisés.

Monique, le regard ailleurs, se mordilla la lèvre. Cet Hindou, aussi, était donc au courant.

Coplan répondit à l'officier :

— Il existe assez de preuves pour enfoncer Watto jusqu'au cou. Ce que nous ignorons encore sur son organisation, il nous l'avouera, soyez tranquille. A ce sujet, je voudrais vous demander une faveur.

— Laquelle ? fit Gwalior, méfiant.

— Avant que nous partions d'ici, j'aimerais que vous me laissiez seul avec Watto dans la pièce où il a séquestré son otage. Un petit quart d'heure, pas plus.

Le capitaine du C.B.I. lui décocha un coup d'œil aigu, articula tout bas :

— D'accord, à condition que vous me juriez que vous n'allez pas le tuer.

— J'aurais pu le faire avant votre arrivée. Non, ne craignez rien.

Les ambulances requises pour évacuer les corps d'Iskander et d'Elahi venaient précisément stopper devant la demeure.

— Un instant, pria Gwalior. Le temps de donner quelques instructions...

Lorsque Coplan se retourna vers Monique, il vit qu'elle se mesurait du regard avec Watto, une lueur de triomphe dans ses prunelles. Mais, bien que vaincu et enchaîné, l'homme lui renvoyait un rictus sardonique teinté de mépris, impliquant une mystérieuse connivence.

Des inspecteurs allaient et venaient. Des brancardiers pénétrèrent dans le salon, posèrent les deux cadavres sur des civières. Monique, indéchiffrable, observa leur départ sans manifester de la satisfaction ou de la rancune. Tout au plus échangea-t-elle ensuite un battement de cils avec Mohammed, le survivant du trio. Francis se souvint de l'indulgence qu'elle avait témoignée à ce dernier après qu'il l'eût copieusement assaillie. Quels liens bizarres s'étaient donc tissés entre la fille et ses ravisseurs ?

Gwalior rappliqua, toujours sous pression. Il empoigna un bras de Watto et le contraignit à marcher devant.

Coplan leur emboîta le pas tout en jetant à Monique :

— Nous partirons ensemble tout à l'heure. Je vous conduirai à l'hôtel *Belair*. Vous y serez mieux que dans votre bungalow, provisoirement.

Elle acquiesça, se servit une deuxième dose d'alcool et s'affala dans un des fauteuils, brusquement confrontée avec un avenir plein d'incertitudes.

Gwalior entraînait vigoureusement son prisonnier vers le sous-sol, ils parvinrent bientôt au local où les gardiens de Monique s'étaient relayés. Iskander avait abandonné sur sa couchette la clé de la pièce voisine, dont la porte était restée large ouverte.

Watto fut projeté à l'intérieur de la chambre précédemment occupée par la femme de l'ingénieur Berquin, et Coplan l'y rejoignit. Les sangles attachées à des anneaux scellés dans le mur, ainsi que les bracelets de cuir, dénonçaient le sadisme du maître des lieux car, de toute évidence, cet attirail n'était pas indispensable pour éviter l'évasion de Monique.

— Ramenez ce porc là-haut quand vous aurez terminé, dit le capitaine avant de refermer le lourd battant de bois.

Coplan fixa Watto pendant quelques secondes, d'une manière telle que l'Oriental perdit très vite sa superbe.

— Espèce d'ordure, articula Francis d'un ton calme. Il fallait un drôle de vice pour inventer une combine pareille. Mais c'est toujours une erreur que de mélanger l'utile à l'agréable. Maintenant, ça va vous retomber sur la gueule.

Ce n'était pas une façon de parler. Watto eut beau tenter de se protéger la figure, il encaissa une droite fulgurante qui l'expédia comme un sac de son contre le mur. En le cognant, sa tête produisit un bruit de calebasse. Mais la douleur qu'il en éprouva fut aussitôt effacée par celle qui jaillit de son bas-ventre, lorsqu'un coup de pied l'eut atteint sous les testicules. Il lâcha un râle de bête étripée, rabattit ses deux mains sur sa bourse et fût tombé sur les genoux si Coplan ne l'avait, de force, retenu par les cheveux. Un crochet très sec à l'estomac lui coupa le souffle tout en élargissant la gamme de ses sensations.

Le pilonnage se poursuivit. Les tibias et les rotules de Watto, son maxillaire, l'un de ses yeux, son foie, le bas de ses côtes et ses orteils bénéficièrent successivement du traitement de choix que Francis voulait lui infliger. Une raclée sur mesure, méthodique, déclenchant toujours des souffrances nouvelles sans toutefois provoquer l'évanouissement de la victime, mais réduisant celle-ci à un tas de chair meurtrie, au moral en ruine.

Watto continua de geindre et de haleter bien après que la correction eût pris fin. D'une dernière bourrade, Coplan l'avait expédié sur le lit.

— D'habitude, je respecte un adversaire qui a perdu la partie, confia-t-il. Mais, dans ce métier, il y a certaines règles. J'espère que mes amis hindous vous passeront à tabac, car une deuxième volée fait encore plus mal que la première. Maintenant, causons. Pour qui travailliez-vous ? Pour les services spéciaux pakistanais ?

La face crispée par les contusions qui la marquaient, Watto fit un signe de dénégation. Il marmonna :

— Non... Pour un homme. Je... je n'avais jamais fait d'espionnage, auparavant.

Ça, Francis était assez enclin à le croire.

— Alors, pourquoi vous être lancé là-dedans ?

— La contrepartie qu'on m'offrait valait la peine : un marché immense pour mes produits.

— Qui est l'homme qui vous a contacté ? Au point où vous en êtes, vous avez intérêt à le dire.

— Oui, admit Watto. D'autant plus qu'il m'a probablement donné un faux nom, et que vous ne l'attraperez jamais. C'est un Chinois de Hong Kong.

Coplan inspira. Il y avait d'énormes chances pour que ce qu'affirmait le musulman fût vrai. La Chine de Pékin devait être intéressée par un moteur de fusée à carburant liquide tel que le Viking. Pour ne pas altérer ses excellentes relations avec la France, il était logique que son service de renseignements eût opéré plutôt en Inde que dans les installations métropolitaines de la S.F.M.P., et ce par le truchement d'un intermédiaire. Le choix d'un homme de paille tel que Watto s'expliquait admirablement.

— Relevez-vous, ordonna Coplan. Comme fumier, j'ai rarement vu pire que vous. Non seulement vous étiez prêt à trahir le pays d'adoption dans lequel vous avez fait fortune, mais en plus vous avez recouru à des moyens ignobles pour atteindre vos objectifs. Vous ne ferez sûrement pas de vieux os, je vous le promets.

***

Il était quatre heures et demie du matin quand Gwalior et ses inspecteurs quittèrent la résidence avec les deux prisonniers. La Police d'Etat assura dès lors la surveillance de l'immeuble, lequel fut transformé en souricière : quiconque s'y présenterait devrait être appréhendé et entendu.

Le capitaine ramena Coplan et Monique Berquin à l'hôtel *Belair.* Il fut convenu que les interrogatoires reprendraient en fin d'après-midi, et que la jeune femme comparaîtrait en qualité de témoin.

Avant de se séparer de l'officier du C.B.I., Coplan lui glissa :

— Est-ce que ça vous ennuierait beaucoup de me remettre la seconde vidéocassette ? Sur le plan judiciaire, elle ne sera d'aucune utilité. La première suffira largement.

Gwalior discerna le sens réel de cette demande, en comprit le bien-fondé.

— Vous voulez la détruire ? avança-t-il à mi-voix, alors que Monique avait déjà pénétré dans le hall de l'hôtel.

Francis approuva de la tête.

— Mieux vaut qu'on ignore ce que recèle cette bande magnétique, vous ne pensez pas ? J'agirai en sorte que la principale intéressée sache que personne ne la visionnera jamais.

— Okay, fit Gwalior tout en s'avouant qu'il n'en était plus à une irrégularité près. Tenez, prenez cette cassette et coupez le ruban en petits morceaux.

— Merci. A demain, dit Coplan.

Ils se serrèrent la main, conscients tous deux d'avoir pris une décision salutaire.

A la réception, Coplan obtint une chambre

pour Monique, l'y accompagna. La porte ayant été refermée, la jeune femme se laissa tomber sur le lit et murmura :

— Je crois que je vais être incapable de fermer l'œil, malgré ma fatigue. Pouvez-vous me dire où Jérôme a été incarcéré ?

— Je suppose qu'il est détenu à la prison centrale de l'Etat de Kerala, et qu'il y sera gardé au secret pendant un certain temps. Au petit matin, je préviendrai votre ami Bruno Riquois que vous avez été libérée, et qu'il peut vous apporter les vêtements et objets de toilette dont vous avez besoin. Je téléphonerai aussi à votre frère Emile, à Ahmedabad, pour qu'il ne se fasse plus de soucis à votre égard.

Le buste de Monique se souleva, elle lâcha un long soupir.

— Comment vous remercier de m'avoir tiré des griffes de ces gens-là ? prononça-t-elle en levant des yeux battus vers son interlocuteur. Ils étaient résolus à me tuer cette nuit. Il me paraît miraculeux de me retrouver en sécurité.

Coplan lui offrit une cigarette avant d'en prendre une lui-même. Il les alluma, s'assit de biais sur le lit.

— J'ai récupéré la seconde cassette, confia-t-il négligemment. Personne n'a eu l'occasion de voir cet enregistrement. Nous le rendrons inutilisable demain.

Rêveuse, Monique inhala de la fumée, l'expira lentement, les yeux dans le vague.

— Mes geôliers étaient parvenus à me pervertir

complètement, reconnut-elle. Maintenant, je sais comment on peut amener une fille honnête à se prostituer. Mais ce que je ne comprends pas, c'est pourquoi mon mari a tant tardé à fournir la rançon qu'ils exigeaient. Ces images auraient dû le rendre fou.

Francis se gratta la joue. Les propos de la jeune femme continuaient à le déconcerter. Elle semblait n'éprouver aucun regret d'avoir été le jouet de ses ravisseurs, ni de honte que ces scènes de luxure eussent été vues par son époux. Elle déplorait seulement que la jalousie de ce dernier n'eût pas été assez exacerbée...

— Comment les hommes de Watto ont-ils pu s'emparer de vous sans que ce kidnapping soit remarqué ? questionna Francis.

Monique appuya ses avant-bras sur son genou.

— Ils ne m'ont pas enlevée, à vrai dire. J'ai suivi l'un d'eux sans contrainte, et il m'a conduite à la résidence de celui que vous appelez Watto.

CHAPITRE XIII

Un instant, Coplan demeura pantois. Il fixa Monique comme pour vérifier si les épreuves qu'elle avait endurées n'avaient pas détraqué son système mental.

Il s'enquit sur un ton incrédule :

— Vous aviez accepté, délibérément, de coucher avec un inconnu ?

Elle expliqua :

— Ç'a été plus fort que moi. Je n'ai su que plus tard comment j'avais été attirée dans un piège. Plusieurs fois, à la plage de Kovalam, un type admirablement bâti, très musclé, s'était allongé sur le sable à quelques mètres de moi. Il ne paraissait pas se soucier de ma présence et n'essayait pas d'engager la conversation. De mon côté, je faisais semblant de ne pas le voir, mais je ne pouvais m'empêcher de le regarder quand il me tournait le dos. Et puis, un jour, il s'est rapproché, toujours sans mot dire, et s'est baladé en rond autour de la serviette sur laquelle j'étais allongée. Quand il s'est éloigné, je me suis levée et l'ai suivi.

— Mais pourquoi, bon Dieu ? Vous avait-il hypnotisée ?

— Non, mais cela revenait au même. Son corps dégageait une odeur bizarre, terriblement excitante. Elle m'attirait d'une manière irrésistible alors que mon cerveau désapprouvait ma conduite. J'ai su par la suite qu'il s'agissait d'un produit spécial dont un homme n'a qu'à s'enduire pour déclencher chez les femmes une sorte de fièvre sexuelle. Bref, je suis montée dans la voiture... Après, tous mes gardiens ont fait usage de ce produit pour que j'assouvisse leurs désirs (1).

— Même Watto ?

— Oui, même lui. Il me faisait aussi avaler des comprimés dont les effets étaient encore plus puissants. Voilà pourquoi vous m'avez vue aussi complaisante lors des scènes qui ont été filmées.

Elle en parlait avec une désinvolture de fille du trottoir, sans trop réaliser combien ces rapports l'avaient transformée.

Spontanément, elle précisa :

— Ce beau garçon de la plage se dénommait Elahi. C'est celui que vous avez tué de deux

(1) Ce produit, isolé en Grande-Bretagne par le Dr. Dodd, a été obtenu à partir de sécrétions masculines. Le gouvernement britannique a interdit son usage dans le commerce et a confié au Ministère de la Défense le soin de poursuivre les recherches... à des fins militaires !

balles, tout à l'heure.

— Il portait un tatouage sur l'épaule ? Une ancre ?

— Oui. Et le plus mauvais des trois, Iskander, un bateau sur la poitrine. Je suis contente que Mohammed l'ait abattu. Il était le plus doux, Mohammed.

Coplan se secoua. Etait-ce la promiscuité avec cette jolie fille qui n'avait ni slip ni soutien-gorge sous sa robe chiffonnée ? Les confidences qu'elle lui faisait ou l'impression qu'elle dissimulait plus de choses qu'elle n'en dévoilait ? Toujours est-il que Francis se sentait gagné par une louche attirance, et qu'il n'aurait pas détesté de vérifier par lui-même si la jeune femme n'était pas tombée pour de bon dans les abîmes du dévergondage.

Il se leva d'un élan.

— Essayez de dormir, conseilla-t-il. Une bonne douche pourrait vous y aider. Je viendrai vous chercher avant le déjeuner.

Elle l'enveloppa d'un regard un peu trouble, s'étira en faisant saillir son buste.

— A présent, je me sens plus détendue, avoua-t-elle. J'avais besoin de bavarder avec quelqu'un de mon pays. Pendant tous ces jours de captivité, je me suis souvent demandé si j'en sortirais vivante. Et j'avais tellement peur de mourir...

— Bonsoir, dit Coplan.

Il s'éclipsa, se fit la réflexion que, peut-être, elle avait cherché le salut en tâchant de séduire au moins un de ses gardiens.

Ou Watto.

Mais quelle voie emprunterait-elle quand elle saurait qu'elle était veuve ?

***

Le lendemain après-midi, dans le bureau du capitaine Gwalior et en présence de Gobert et de Coplan, (Monique Berquin patientait dans une salle d'attente en compagnie de Bruno Riquois, en vue d'éventuelles confirmations) ce fut l'interrogatoire de Mohammed Choudhury qui apporta les informations les plus sensationnelles.

Le métis indo-arabe avait dû se dire que la franchise et la sincérité pourraient seules lui valoir l'indulgence des juges.

De but en blanc, il déclara dans un anglais assez correct :

— Après m'être laissé recruter par Elahi alors que je travaillais au *Space Center,* j'ai aussi accepté les offres d'un agent des services secrets japonais.

Ce double aveu fit à peu près l'effet d'une bombe sur tous les occupants du bureau. Aucun d'eux ne s'attendait à cela !

Les traits rigides, Gwalior réussit à prononcer d'une voix normale :

— Ne racontez pas n'importe quoi, Mohammed. Si vous croyez vous en tirer par des pirouettes, détrompez-vous.

— Non, Sahib, fit le musulman. Je pourrai prouver tout ce que je dis. Et notamment ceci : Watto a été manipulé par un Chinois qu'il connaissait sous le nom de Wang Yung Sheng, mais dont l'identité réelle est Wei Kuo-Wen. Il est le chef de la branche indienne de la section du Renseignement scientifique de la République Populaire.

Gwalior scruta les traits du prisonnier.

— Comment un Moplah comme vous a-t-il pu apprendre cela ? demanda-t-il avec une étrange amabilité.

— Par le chef du réseau japonais. La mission de celui-ci consiste à surveiller les entreprises de Wei Kuo-Wen, et à les contrecarrer chaque fois que c'est possible. Le Chinois n'est pas lâché d'une semelle, ne peut se déplacer ou prononcer une phrase sans être sous le contrôle d'appareils électroniques. Ainsi, dès qu'il est entré en relation avec un homme d'affaires de Trivandrum, on a voulu savoir pourquoi. Les Japonais n'ont pas mis longtemps à se rendre compte que j'allais souvent chez Watto, et que j'étais ouvrier au centre spatial. Alors, par l'entremise d'une belle Nippone, ils m'ont offert de gagner beaucoup d'argent. Je suis pauvre, j'ai une grande famille...

— Pas de jérémiades, coupa le capitaine. La suite.

— Eh bien, mon rôle consistait à rapporter à cette fille ce que Watto me demanderait. Huit jours plus tard, je l'ai su. Il s'agissait d'obtenir des renseignements sur le moteur Viking. Mais moi, dans mon atelier, je n'avais pas la possibilité de circuler dans le bâtiment du bureau d'étude ou dans un des lieux de montage. Quand j'ai dit cela à Watto, il m'a chargé de désigner des ingénieurs français, mariés de préférence, qui avaient accès aux documents et aux pièces du moteur. A partir de ce moment-là, Iskander, Elahi et moi nous avons observé les faits et gestes de trois ingénieurs en dehors de leurs heures de travail. C'est Jérôme Berquin qui nous a paru offrir le plus de prise à un chantage.

Canaille, grinça Coplan *in petto*. Mohammed minimisait son rôle. Ses complices, morts tous les deux, ne le démentiraient pas. En vérité, connaissant Berquin, il avait dû être le premier à remarquer Monique. Toujours en rut comme il l'était, il s'était promis de jouir d'elle impunément. L'occasion était trop belle : il avait spéculé sur les vices de Watto.

Le Moplah poursuivait :

— En même temps, je tenais ma patronne au courant de ce qui se tramait. Son chef était décidé à empêcher Watto d'entrer en possession des photos et...

— Pourquoi ? l'interrompit Gwalior. Elles ne pouvaient porter aucun préjudice aux Japonais. Le matériel Viking n'est pas fabriqué par eux.

Mohammed eut une moue d'ignorance. Simple exécutant, il ne s'était pas posé la question. Ce fut Gobert qui, sortant soudain de son mutisme, fournit une explication :

— En empêchant les Chinois de s'approprier gratuitement la technologie des systèmes de régulation des gaz, ils se réservaient une chance de *vendre* leur propre système. Pour eux, le jeu en valait la chandelle.

L'évidence de cette assertion sauta aux yeux de Coplan et du capitaine : en l'occurrence, l'action des gens de Tokyo n'avait pas été inspirée par une quelconque hostilité envers Pékin, mais seulement pour des motifs commerciaux et industriels.

— Continuez, intima Gwalior au détenu.

— Quand l'ingénieur Berquin a finalement accepté de livrer la documentation en échange de la libération de sa femme, j'ai su par Watto qu'il déposerait les photos le lendemain à un endroit convenu. J'en ai aussitôt informé mon amie et...

Il se retint d'en dire plus, s'apercevant qu'il venait de reconnaître sa part de responsabilité dans l'assassinat du Français. Il essaya pourtant de se justifier :

— Je ne savais pas qu'on allait l'abattre. Je croyais qu'on voulait lui voler les clichés parce que ceux-ci pouvaient intéresser aussi les techniciens japonais.

Un silence plana. Peu à peu, les assistants découvraient toutes les implications de ses aveux. Gwalior, assez vexé d'apprendre que deux réseaux étrangers avaient opéré à Trivandrum sans que le moindre écho en fût parvenu aux oreilles du contre-espionnage, grommela :

— Qui a tué Berquin ? Vous devez le savoir, vous.

— Non, Sahib, assura Mohammed. Watto m'avait obligé à me réfugier chez lui car l'enregistrement sur cassette risquait de me trahir. A partir de ce moment-là, je n'ai plus pu communiquer avec la Japonaise.

C'était probablement grâce à cela que Bruno Riquois devait la vie... Libre, Mohammed aurait pu permettre à ses complices de ménager un deuxième traquenard.

— Quel est le nom de cette femme ? Où habite-t-elle ? questionna l'officier du C.B.I. avec âpreté.

Le Moplah arbora un faciès bougon. Michiko avait été sa maîtresse. C'était elle qui l'avait soudoyé, qui l'avait persuadé de miser sur deux tableaux. Elle y était parvenue en spéculant sur son esprit de lucre, mais aussi en recourant à tous les artifices de sa séduction. Sur ce plan-là, il avait toujours été faible.

— Attention, dit Gwalior. Je peux déjà vous inculper de complicité d'enlèvement, de viol, d'intelligence avec une puissance étrangère. Dois-je y ajouter votre participation au meurtre de Berquin ? Faites-nous gagner du temps : votre Nippone, on la retrouvera de toute façon, mais vous perdrez le bénéfice de vos déclarations antérieures.

Du bout des lèvres, Mohammed prononça :

— Elle s'appelle Michiko Mihara et habite dans le bazar, la maison à côté de la mienne... Si elle y vit encore.

L'officier indien suspendit l'interrogatoire. S'adressant aux deux Européens, il leur annonça :

— Il faut que je m'occupe séance tenante de cette espionne et de celui qui la dirige. Préférez-vous m'attendre ou revenir dans deux heures ?

— Ni l'un ni l'autre, répondit Coplan. En ce qui nous concerne, l'affaire est terminée. Comptez-vous encore entendre aujourd'hui Monique Berquin et Bruno Riquois ?

Gwalior se leva et, après un temps de réflexion, il décida :

— Non. Vous pouvez les emmener. Quand j'aurai besoin d'eux, je vous le ferai savoir.

A ses inspecteurs, il prescrivit de réincarcérer Mohammed, puis il se coiffa de sa casquette et marcha vers la porte, suivi par Gobert et Coplan.

Ces derniers rejoignirent leurs compatriotes dans la salle d'attente, les avisèrent qu'ils pouvaient, tous les quatre, rentrer à l'hôtel. Il restait cependant à remplir une tâche délicate : informer Monique que son mari avait cessé de vivre.

Ce sujet ne fut pas abordé pendant le trajet en voiture. Gobert rapporta le coup de théâtre provoqué par les révélations de Mohammed, lesquelles avaient mis en lumière l'existence et les agissements d'un service secret japonais.

Riquois et Monique, médusés, ne comprirent pas sur-le-champ ce que cette intervention occulte avait pu entraîner. Coplan se chargea de les éclairer :

— Le Japon est devenu le principal fournisseur de la Chine. Il la considère un peu comme une chasse gardée. Rien d'étonnant à ce qu'il s'efforce d'évincer les Européens, et même les Américains, du marché des applications spatiales en République Populaire. Dans ce domaine-là aussi, il brûle les étapes pour exporter ses équipements.

Gobert signala :

— Il ambitionne de placer sur orbite, à des prix

imbattables, des satellites de télécommunications à haute performance, au cours de la décennie 80-90. Et quand on connaît ses formidables moyens, ce projet ne paraît pas démesuré.

— Oui, dit Coplan. Mais dans l'affaire qui nous intéresse, la nommée Michiko, ou plutôt son chef, visait aussi un autre objectif : faire démolir par nos soins, en coopération avec les Indiens, ce réseau mis en place par les Chinois. D'où...

Il évita de justesse d'en dire trop, à savoir que la mort de Berquin avait été préméditée dans ce but. Elle avait constitué un signal d'alarme, une manière détournée de prouver qu'une organisation cherchait à s'emparer clandestinement des dispositifs les plus sophistiqués du Viking.

Coplan fit bifurquer sa phrase :

— D'où l'achat d'U.D.M.H. par l'entremise du Pakistan. Les Chinois, à couteaux tirés avec les Soviétiques, n'ont pas voulu en commander directement pour leurs futurs essais. En faisant transiter le carburant par Karachi, ils sauvaient la face et ne mécontentaient pas les Américains.

Monique, complètement dépassée par ces propos, ne réalisait pas exactement quel rôle son mari et elle avaient joué dans cette énorme partie. Elle ne discernait pas davantage pourquoi Mohammed, qui avait été à l'origine de son enlèvement, avait ensuite pris parti contre Watto.

— Moi, dit-elle, j'en étais arrivée à croire que tout cela n'était qu'une mise en scène destinée à me soumettre aux caprices d'une bande de dévoyés. Ils semblaient n'avoir qu'une idée en tête : abuser de moi sous tous les prétextes.

Gobert resta silencieux, Riquois sentit battre ses tempes. Jamais il n'aurait pensé que Monique évoquerait sa captivité en des termes aussi détachés. Elle avait bigrement changé, pas de doute.

Quant à Coplan, il se dit qu'elle en viendrait peut-être à regretter cette période d'esclavage. Pour certaines femmes, le pas conduisant de la vertu au vice est vite franchi.

Mieux valait que Jérôme fût mort. Son existence serait devenue un enfer. Il y avait gros à parier que Monique se consolerait rapidement de son veuvage.

EPILOGUE

René Levêque, le délégué syndical, leva la main pour apaiser le brouhaha qui régnait dans la salle.

— Oui ou non, allez-vous m'écouter au lieu d'épiloguer sur de fausses rumeurs? lança-t-il dans le micro. Ne croyez pas aux ragots qu'on colporte dans le but de semer le désordre dans l'entreprise. Moi, je vous apporte des nouvelles officielles!

Le calme se rétablit progressivement, tous les visages se tournèrent vers l'orateur. Celui-ci reprit :

— Notre dernière réunion remonte à deux mois. Je vous avais dit alors que rien n'était perdu, que nous continuerions à discuter pied à pied avec la direction générale. Eh bien, j'ai l'honneur de vous annoncer que ces négociations sont devenues sans objet : *il n'y aura pas de licenciements!*

Une vaste clameur de satisfaction ponctua cette affirmation catégorique. Levêque, rayonnant, la laissa s'éteindre toute seule. Il avait encore d'autres atouts dans la manche.

Il put enfin poursuivre :

— Non seulement les emplois seront préservés, mais il est même probable que les effectifs de la Division des Propulseurs lourds devront être augmentés !

Autres vivats et cris d'allégresse, encore que certains assistants, des opposants systématiques et irréductibles, fissent montre de scepticisme.

— Il n'y a pas eu de miracle, déclara le syndicaliste. Un contrat important, pour la fourniture de seize moteurs Viking, a été conclu avec la Chine. Il semble que ce pays, après avoir éprouvé quelques déboires dans la construction d'un propulseur à carburant liquide, ait renoncé à se doter d'un engin de conception purement chinoise, compte tenu du coût d'une telle opération. Ce contrat prend de court la concurrence japonaise, qui vient d'essuyer deux échecs successifs dans le lancement de fusées de type N-1. En résumé, le plan de charge de la Division est donc assuré pour de nombreux mois et toutes nos inquiétudes sont dissipées.

Un des assistants assis au troisième rang fit signe de la main qu'il réclamait la parole.

— Vas-y, Félix, invita Levêque. Que veux-tu encore savoir ?

— Ce nouveau contrat, comment se fait-il qu'on ne nous en ait pas parlé plus tôt ? Il y a deux mois, il devait déjà y avoir anguille sous roche.

— Là, mon vieux, tu m'en demandes beaucoup, répondit le délégué avec une mimique perplexe. Tu sais, dans ce genre d'affaire, la Direction commerciale reste plutôt discrète tant que le marché n'est pas conclu et signé. Tout ce que je peux dévoiler, c'est que les pourparlers ont été menés tambour battant. Mais va-t'en savoir pourquoi les Chinois ont brusquement changé leur fusil d'épaule. Nous ne comprendrons jamais rien à leur mentalité !

FIN

Achevé d'imprimer le 20 novembre 1980
sur les presses de l'Imprimerie Bussière
à Saint-Amand (Cher)

N° d'impression : 2036.
Dépôt légal : 1er trimestre 1981.
Imprimé en France

Montmoreau
Chalais
La roche chalais
Castillon la Bataille
Pujols
Sauveterre de Guyenne
La Réole

PUBLICATION MENSUELLE